Beaumarchais



# Le barbier de Séville

Comédie

Librio

Texte intégral

# Lettre modérée sur la chute de la critique du *Barbier de Séville*

*L'auteur, vêtu modestement et courbé, présentant sa pièce au lecteur.*

MONSIEUR,

J'ai l'honneur de vous offrir un nouvel opuscule de ma façon. Je souhaite vous rencontrer dans un de ces moments heureux où, dégagé de soins, content de votre santé, de vos affaires, de votre maîtresse, de votre dîner, de votre estomac, vous puissiez vous plaire un moment à la lecture de mon *Barbier de Séville* ; car il faut tout cela pour être homme amusable et lecteur indulgent.

Mais si quelque accident a dérangé votre santé, si votre état est compromis, si votre belle a forfait à ses serments, si votre dîner fut mauvais ou votre digestion laborieuse, ah ! laissez mon *Barbier* ; ce n'est pas là l'instant : examinez l'état de vos dépenses, étudiez le *factum* de votre adversaire, relisez ce traître billet surpris à Rose, ou parcourez les chefs-d'œuvre de Tissot sur la tempérance, et faites des réflexions politiques, économiques, diététiques, philosophiques ou morales.

Ou si votre état est tel qu'il vous faille absolument l'oublier, enfoncez-vous dans une bergère, ouvrez le journal établi dans Bouillon avec encyclopédie, approbation et privilège, et dormez vite une heure ou deux. Quel charme aurait une production légère au milieu des plus noires vapeurs, et que vous importe, en effet, si Figaro le barbier s'est bien moqué de Bartholo le médecin en aidant un rival à lui souffler sa maîtresse ? On rit peu de la gaieté d'autrui, quand on a de l'humeur pour son propre compte.

Que vous fait encore si ce barbier espagnol, en arrivant dans Paris, essuya quelques traverses, et si la prohibition de ses exercices a donné trop d'importance aux rêveries de mon bonnet ? On ne s'intéresse guère aux affaires des autres que lorsqu'on est sans inquiétude sur les siennes.

Mais enfin tout va-t-il bien pour vous ? Avez-vous à souhait double estomac, bon cuisinier, maîtresse honnête et repos imperturbable ? Ah ! parlons, parlons ; donnez audience à mon *Barbier.*

Je sens trop, Monsieur, que ce n'est plus le temps où, tenant mon manuscrit en réserve, et semblable à la coquette qui refuse souvent ce qu'elle brûle toujours d'accorder, j'en faisais quelque avare lecture à des gens préférés, qui croyaient devoir payer ma complaisance par un éloge pompeux de mon ouvrage.

Ô jours heureux ! Le lieu, le temps, l'auditoire à ma dévotion et la magie d'une lecture adroite assurant mon succès, je glissais sur le morceau faible en appuyant sur les bons endroits ; puis, recueillant les suffrages du coin de l'œil avec une orgueilleuse modestie, je jouissais d'un triomphe d'autant plus doux que le jeu d'un fripon d'acteur ne m'en dérobait pas les trois quarts pour son compte.

Que reste-t-il, hélas ! de toute cette gibecière ? A l'instant qu'il faudrait des miracles pour vous subjuguer, quand la verge de Moïse y suffirait à peine, je n'ai plus même la ressource du bâton de Jacob, plus d'escamotage, de tricherie, de coquetterie, d'inflexions de voix, d'illusion théâtrale, rien. C'est ma vertu toute nue que vous allez juger.

Ne trouvez donc pas étrange, Monsieur, si, mesurant mon style à ma situation, je ne fais pas comme ces écrivains qui se donnent le ton de vous appeler négligemment *lecteur, ami lecteur, cher lecteur, bénin* ou *benoît lecteur,* ou de telle autre dénomination cavalière, je dirais même indécente, par laquelle ces imprudents essayent de se mettre au pair avec leur juge, et qui ne fait bien souvent que leur en attirer l'animadversion. J'ai toujours vu que les airs ne séduisaient personne, et que le ton modeste d'un auteur pouvait seul inspirer un peu d'indulgence à son fier lecteur.

Eh ! quel écrivain en eut jamais plus besoin que moi ? Je voudrais le cacher en vain. J'eus la faiblesse autrefois, Monsieur, de vous présenter, en différents temps, deux tristes drames, productions monstrueuses, comme on sait, car entre la tragédie et la comédie, on n'ignore plus qu'il n'existe rien ; c'est un point décidé, le maître l'a dit, l'école en retentit : et pour moi, j'en suis tellement convaincu que, si je voulais aujourd'hui mettre au théâtre une mère éplorée, une épouse trahie, une sœur éperdue, un fils déshérité pour les présenter décemment au public, je commencerais par leur supposer un beau royaume où ils auraient régné de leur mieux, vers l'un des archipels ou dans tel autre coin du monde ; certain, après cela, que l'invraisemblance du roman, l'énormité des faits, l'enflure des caractères, le gigantesque des idées et la bouffissure du langage, loin de m'être imputés à reproche, assureraient encore mon succès.

Présenter des hommes d'une condition moyenne, accablés et dans le malheur, fi donc ! On ne doit jamais les montrer que bafoués. Les citoyens ridicules et les rois malheureux, voilà tout le théâtre existant et possible ; et je me le tiens pour dit, c'est fait, je ne veux plus quereller avec personne.

J'ai donc eu la faiblesse autrefois, Monsieur, de faire des drames qui n'étaient pas *du bon genre*, et je m'en repens beaucoup.

Pressé par les événements, j'ai hasardé de malheureux Mémoires, que mes ennemis n'ont pas trouvés *du bon style* ; et j'en ai le remords cruel.

Aujourd'hui, je fais glisser sous vos yeux une comédie fort gaie, que certains maîtres de goût n'estiment pas *du bon ton*, et je ne m'en console point.

Peut-être un jour oserai-je affliger votre oreille d'un opéra, dont les jeunes gens d'autrefois diront que la musique n'est pas *du bon français* ; et j'en suis tout honteux d'avance.

Ainsi, de fautes en pardons et d'erreurs en excuses, je passerai ma vie à mériter votre indulgence par la bonne foi naïve avec laquelle je reconnaîtrai les unes en vous présentant les autres.

Quant au *Barbier de Séville*, ce n'est pas pour corrompre votre jugement que je prends ici le ton respectueux : mais on m'a fort assuré que, lorsqu'un auteur était sorti, quoique échiné, vainqueur au théâtre, il ne lui manquait plus que d'être agréé par vous, Monsieur, et lacéré dans quelques journaux, pour avoir obtenu tous les lauriers littéraires. Ma gloire est donc certaine si vous daignez m'accorder le laurier de votre agrément, persuadé que plusieurs de messieurs les journalistes ne me refuseront pas celui de leur dénigrement.

Déjà l'un d'eux, établi dans Bouillon avec approbation et privilège, m'a fait l'honneur encyclopédique d'assurer à ses abonnés que ma pièce était sans plan, sans unité, sans caractères, vide d'intrigue et dénuée de comique.

Un autre, plus naïf encore, à la vérité sans approbation, sans privilège et même sans encyclopédie, après un candide exposé de mon drame, ajoute au laurier de sa critique cet éloge flatteur de ma personne : « La réputation du sieur de Beaumarchais est bien tombée, et les honnêtes gens sont enfin convaincus que, lorsqu'on lui aura arraché les plumes du paon, il ne restera plus qu'un vilain corbeau noir, avec son effronterie et sa voracité. »

Puisqu'en effet j'ai eu l'effronterie de faire la comédie du *Barbier de Séville*, pour remplir l'horoscope entier, je pousserai la voracité jusqu'à vous prier humblement, Monsieur, de me juger vous-même, et sans égard aux critiques passés, présents et futurs ; car vous savez que, par état, les gens de feuilles sont souvent ennemis des gens de lettres ; j'aurai même la voracité de vous prévenir qu'étant saisi de mon affaire, il faut que vous soyez mon juge absolument, soit que vous le vouliez ou non, car vous êtes mon lecteur.

Et vous sentez bien, Monsieur, que si, pour éviter ce tracas ou me prouver que je raisonne mal, vous refusiez constamment de me lire, vous feriez vous-même une pétition de principes au-dessous de vos lumières : n'étant pas mon lecteur, vous ne seriez pas celui à qui s'adresse ma requête.

Que si, par dépit de la dépendance où je parais vous mettre, vous vous avisiez de jeter le livre en cet instant de votre lecture, c'est, Monsieur, comme si, au milieu de tout autre jugement, vous étiez enlevé du tribunal par la mort, ou tel accident qui vous rayât du nombre des magistrats. Vous ne pouvez éviter de me juger qu'en devenant nul, négatif, anéanti, qu'en cessant d'exister en qualité de mon lecteur.

Eh ! quel tort vous fais-je en vous élevant au-dessus de moi ? Après le bonheur de commander aux hommes, le plus grand honneur, Monsieur, n'est-il pas de les juger ?

Voilà donc qui est arrangé. Je ne reconnais plus d'autre juge que vous ; sans excepter messieurs les spectateurs, qui, ne jugeant qu'en premier ressort, voient souvent leur sentence infirmée à votre tribunal.

L'affaire avait d'abord été plaidée devant eux au théâtre et ces messieurs ayant beaucoup ri, j'ai pu penser que j'avais gagné ma cause à l'audience. Point du tout ; le journaliste établi dans Bouillon prétend que c'est de moi qu'on a ri. Mais ce n'est là, Monsieur, comme on dit en style de palais, qu'une mauvaise chicane de procureur, mon but ayant été d'amuser les spectateurs, qu'ils aient ri de ma pièce ou de moi, s'ils ont ri de bon cœur, le but est également rempli : ce que j'appelle avoir gagné ma cause à l'audience.

Le même journaliste assure encore, ou du moins laisse entendre, que j'ai voulu gagner quelques-uns de ces messieurs, en leur faisant des lectures particulières, en achetant d'avance leur suffrage, par cette prédilection. Mais ce n'est encore là, Monsieur, qu'une difficulté de publiciste allemand. Il est manifeste que mon intention n'a jamais été que de les instruire : c'étaient des espèces de consultations que je faisais sur le fond de l'affaire. Que si les consultants, après avoir donné leur avis, se sont mêlés parmi les juges, vous voyez bien, Monsieur, que je n'y pouvais rien de ma part, et que c'était à eux de se récuser par délicatesse, s'ils se sentaient de la partialité pour mon barbier andalou.

Eh ! plût au Ciel qu'ils en eussent un peu conservé pour ce jeune étranger ! Nous aurions eu moins de peine à soutenir notre malheur éphémère. Tels sont les hommes : avez-vous du succès, ils vous accueillent, vous portent, vous caressent, ils s'honorent de vous ; mais gardez de broncher dans la carrière : au moindre échec, ô mes amis ! souvenez-vous qu'il n'est plus d'amis.

Et c'est précisément ce qui nous arriva le lendemain de la plus triste soirée. Vous eussiez vu les faibles amis du *Barbier* se disperser, se cacher le visage ou s'enfuir ; les femmes, toujours si braves quand elles protègent, enfoncées dans les coqueluchons jusqu'aux panaches et baissant des yeux confus ; les hommes courant se visiter, se faire amende honorable du bien qu'ils avaient dit de ma pièce, et rejetant sur ma maudite façon de lire les choses tout le faux plaisir qu'ils y avaient goûté. C'était une désertion totale, une vraie désolation.

Les uns lorgnaient à gauche, en me sentant passer à droite, et ne faisaient plus semblant de me voir : ah ! Dieux ! D'autres, plus courageux, mais s'assurant bien si personne ne les regardait, m'attiraient dans un coin pour me dire : « Eh ! comment avez-vous produit en nous cette illusion ? Car il faut en convenir, mon ami, votre pièce est la plus grande platitude du monde.

— Hélas ! Messieurs, j'ai lu ma platitude, en vérité, tout platement comme je l'avais faite ; mais au nom de la bonté que vous avez de me parler encore après ma chute et pour l'honneur de votre second jugement, ne souffrez pas qu'on redonne la pièce au théâtre ; si, par malheur, on venait à la jouer comme je l'ai lue, on vous ferait peut-être une nouvelle tromperie, et vous vous en prendriez à moi de ne plus savoir quel jour vous eûtes raison ou tort ; ce qu'à Dieu ne plaise ! » On ne m'en crut point, on laissa rejouer la pièce, et pour le coup je fus prophète en mon pays. Ce pauvre Figaro, *fessé* par la cabale en *faux-bourdon* et presque enterré le vendredi, ne fit point comme Candide ; il prit courage, et mon héros se releva le dimanche, avec une vigueur que l'austérité d'un carême entier et la fatigue de dix-sept séances publiques n'ont pas encore altérée. Mais qui sait combien cela durera ? Je ne voudrais pas jurer qu'il en fût seulement question dans cinq ou six siècles, tant notre nation est inconstante et légère !

Les ouvrages de théâtre, Monsieur, sont comme les enfants des femmes : conçus avec volupté, menés à terme avec fatigue, enfantés avec douleur et vivant rarement assez pour payer les parents de leurs soins, ils coûtent plus de chagrins qu'ils ne donnent de plaisirs. Suivez-les dans leur carrière : à peine ils voient le jour que, sous prétexte d'enflure, on leur applique les censeurs ; plusieurs en sont restés en chartre. Au lieu de jouer doucement avec eux, le cruel parterre les rudoie et les fait tomber. Souvent, en les berçant, le comédien les estropie. Les perdez-vous un instant de vue, on les retrouve, hélas ! traînant partout, mais dépenaillés, défigurés, rongés d'extraits et couverts de critiques. Échappés à tant de maux, s'ils brillent un moment dans le monde, le plus grand de tous les atteint, le mortel oubli les tue ; ils meurent, et, replongés au néant, les voilà perdus à jamais dans l'immensité des livres.

Je demandais à quelqu'un pourquoi ces combats, cette guerre animée entre le parterre et l'auteur, à la première représentation des ouvrages, même de ceux qui devaient plaire un autre jour. « Ignorez-vous, me dit-il, que Sophocle et le vieux Denys sont morts de joie d'avoir remporté le prix des vers au théâtre ? Nous aimons trop nos auteurs pour souffrir qu'un excès de joie nous prive d'eux en les étouffant ; aussi, pour les conserver, avons-nous grand soin que leur triomphe ne soit jamais si pur, qu'ils puissent en expirer de plaisir. »

Quoi qu'il en soit des motifs de cette rigueur, l'enfant de mes loisirs, ce jeune, cet innocent *Barbier*, tant dédaigné le premier jour, loin d'abuser le surlendemain de son triomphe ou de montrer de l'humeur à ses critiques, ne s'en est que plus empressé de les désarmer par l'enjouement de son caractère.

Exemple rare et frappant, Monsieur, dans un siècle d'ergotisme où l'on calcule tout jusqu'au rire ; où la plus légère diversité d'opinions fait germer des haines éternelles ; où tous les jeux tournent en guerre ; où l'injure qui repousse l'injure est à son tour payée par l'injure jusqu'à ce qu'une autre effaçant cette dernière en enfante une nouvelle, auteur de plusieurs autres, et propage ainsi l'aigreur à l'infini, depuis le rire jusqu'à la satiété, jusqu'au dégoût, à l'indignation même du lecteur le plus caustique.

Quant à moi, Monsieur, s'il est vrai, comme on l'a dit, que tous les hommes sont frères (et c'est une belle idée), je voudrais qu'on pût engager nos frères les gens de lettres à laisser, en discutant, le ton rogue et tranchant à nos frères les libellistes, qui s'en acquittent si bien ! ainsi que les injures à nos frères les plaideurs... qui ne s'en acquittent pas mal non plus. Je voudrais surtout qu'on pût engager nos frères les journalistes à renoncer à ce ton pédagogue et magistral avec lequel ils gourmandent les fils d'Apollon et font rire la sottise aux dépens de l'esprit.

Ouvrez un journal : ne semble-t-il pas voir un dur répétiteur, la férule ou la verge levée sur les écoliers négligents, les traiter en esclaves au plus léger défaut dans le devoir ? Eh ! mes frères, il s'agit bien de devoir ici ! la littérature en est le délassement et la douce récréation. A mon égard au moins, n'espérez pas asservir dans ses jeux mon esprit à la règle : il est incorrigible, et, la classe du devoir une fois fermée, il devient si léger et badin que je ne puis que jouer avec lui. Comme un liège emplumé qui bondit sur la raquette, il s'élève, il retombe, égaye mes yeux, repart en l'air, y fait la roue et revient encore. Si quelque joueur adroit veut entrer en partie et ballotter à nous deux le léger volant de mes pensées, de tout mon cœur, s'il riposte avec grâce et légèreté, le jeu m'amuse et la partie s'engage. Alors on pourrait voir les coups portés, parés, reçus, rendus, accélérés, pressés, relevés même avec une prestesse, une agilité propre à réjouir autant les spectateurs qu'elle animerait les acteurs.

Telle, au moins, Monsieur, devrait être la critique ; et c'est ainsi que j'ai toujours conçu la dispute entre les gens polis qui cultivent les lettres.

Voyons, je vous prie, si le journaliste de Bouillon a conservé dans sa critique ce caractère aimable et surtout de candeur pour lequel on vient de faire des vœux.

« La pièce est une farce », dit-il.

Passons sur les qualités. Le méchant nom qu'un cuisinier étranger donne aux ragoûts français ne change rien à leur saveur : c'est en passant par ses mains qu'ils se dénaturent. Analysons la farce de Bouillon. « La pièce, a-t-il dit, n'a pas de plan. »

Est-ce parce qu'il est trop simple qu'il échappe à la sagacité de ce critique adolescent ?

Un vieillard amoureux prétend épouser demain sa pupille ; un jeune amant plus adroit le prévient, et ce jour même en fait sa femme, à la barbe et dans la maison du tuteur. Voilà le fond, dont on eût pu faire, avec un égal succès, une tragédie, une comédie, un drame, un opéra, *et cætera*. *L'Avare* de

Molière est-il autre chose? le grand *Mithridate* est-il autre chose? Le genre d'une pièce, comme celui de toute autre action, dépend moins du fond des choses que des caractères qui les mettent en œuvre.

Quant à moi, ne voulant faire, sur ce plan, qu'une pièce amusante et sans fatigue, une espèce d'*imbroille*, il m'a suffi que le machiniste, au lieu d'être un noir scélérat, fût un drôle de garçon, un homme insouciant qui rit également du succès et de la chute de ses entreprises, pour que l'ouvrage, loin de tourner en drame sérieux, devînt une comédie fort gaie; et de cela seul que le tuteur est un peu moins sot que tous ceux qu'on trompe au théâtre, il a résulté beaucoup de mouvement dans la pièce, et surtout la nécessité d'y donner plus de ressort aux intrigants.

Au lieu de rester dans ma simplicité comique, si j'avais voulu compliquer, étendre et tourmenter mon plan à la manière tragique ou *dramique*, imagine-t-on que j'aurais manqué de moyens dans une aventure dont je n'ai mis en scène que la partie la moins merveilleuse? En effet, personne aujourd'hui n'ignore qu'à l'époque historique où la pièce finit gaiement dans mes mains, la querelle commença sérieusement à s'échauffer, comme qui dirait derrière la toile, entre le docteur et Figaro, sur les cent écus. Des injures, on en vint aux coups. Le docteur, étrillé par Figaro, fit tomber en se débattant le *rescille* ou filet qui coiffait le barbier, et l'on vit, non sans surprise, une forme de spatule imprimée à chaud sur sa tête rasée. Suivez-moi, Monsieur, je vous prie.

A cet aspect, moulu de coups qu'il est, le médecin s'écrie avec transport: «Mon fils! ô Ciel, mon fils! mon cher fils!...» Mais avant que Figaro l'entendît, il a redoublé de horions sur son cher père. En effet, ce l'était.

Ce Figaro, qui pour toute famille avait jadis connu sa mère, est fils naturel de Bartholo. Le médecin, dans sa jeunesse, eut cet enfant d'une personne en condition, que les suites de son imprudence firent passer du service au plus affreux abandon.

Mais avant de les quitter, le désolé Bartholo, Frater alors, a fait rougir sa spatule; il en a timbré son fils à l'occiput, pour le reconnaître un jour, si jamais le sort les rassemble. La mère et l'enfant avaient passé six années dans une honorable mendicité, lorsqu'un chef de bohémiens, descendu de Luc Gauric, traversant l'Andalousie avec sa troupe, et consulté par la mère sur le destin de son fils, déroba l'enfant furtivement, et laissa par écrit cet horoscope à sa place:

*Après avoir versé le sang dont il est né,*
*Ton fils assommera son père infortuné;*
*Puis, tournant sur lui-même et le fer et le crime,*
*Il se frappe, et devient heureux et légitime.*

En changeant d'état sans le savoir, l'infortuné jeune homme a changé de nom sans le vouloir; il s'est élevé sous celui de Figaro; il a vécu. Sa mère est cette Marceline, devenue vieille et gouvernante chez le docteur, que l'affreux horoscope de son fils a consolé de sa perte. Mais aujourd'hui tout s'accomplit.

En saignant Marceline au pied, comme on le voit dans ma pièce, ou plutôt comme on ne l'y voit pas, Figaro remplit le premier vers:

*Après avoir versé le sang dont il est né.*

Quand il étrille innocemment le docteur, après la toile tombée, il accomplit le second vers:

*Ton fils assommera son père infortuné.*

A l'instant, la plus touchante reconnaissance a lieu entre le médecin, la vieille et Figaro: *C'est vous! c'est lui! c'est toi! c'est moi!* Quel coup de théâtre! Mais le fils, au désespoir de son innocente vivacité, fond en larmes et se donne un coup de rasoir, selon le sens du troisième vers:

*Puis, tournant sur lui-même et le fer et le crime,*
*Il se frappe, et...*

Quel tableau! En n'expliquant point si, du rasoir, il se coupe la gorge ou seulement le poil du visage, on voit que j'avais le choix de finir ma pièce au plus grand pathétique. Enfin, le docteur épouse la vieille; et Figaro, suivant la dernière leçon,

*... devient heureux et légitime.*

Quel dénouement! Il ne m'en eût coûté qu'un sixième acte. Et quel sixième acte! Jamais tragédie au Théâtre français... Il suffit. Reprenons ma pièce en l'état où elle a été jouée et critiquée. Lorsqu'on me reproche avec aigreur ce que j'ai fait, ce n'est pas l'instant de louer ce que j'aurais pu faire.

«La pièce est invraisemblable dans sa conduite», a dit encore le journaliste établi dans Bouillon avec approbation et privilège.

Invraisemblable! Examinons cela par plaisir.

Son Excellence M. le comte Almaviva, dont j'ai depuis longtemps l'honneur d'être ami particulier, est un jeune seigneur, ou pour mieux dire était, car l'âge et les grands emplois en ont fait depuis un homme fort grave, ainsi que je le suis devenu moi-même. Son Excellence était donc un jeune seigneur espagnol, vif, ardent, comme tous les amants de sa nation, que l'on croit froide et qui n'est que paresseuse.

Il s'est mis secrètement à la poursuite d'une belle personne qu'il avait entrevue à Madrid et que son tuteur a bientôt ramenée au lieu de sa naissance. Un matin qu'il se promenait sous ses fenêtres à Séville, où depuis huit jours il cherchait à s'en faire remarquer, le hasard conduisit au même endroit Figaro le barbier. — Ah ! le hasard ! dira mon critique ; et si le hasard n'eût pas conduit ce jour-là le barbier dans cet endroit, que devenait la pièce ? — Elle eût commencé, mon frère, à quelque autre époque. — Impossible puisque le tuteur, selon vous-même, épousait le lendemain. — Alors il n'y aurait pas eu de pièce ou, s'il y en avait eu, mon frère, elle aurait été différente. Une chose est-elle invraisemblable, parce qu'elle était possible autrement ?

Réellement, vous avez un peu d'humeur. Quand le cardinal de Retz nous dit froidement : « Un jour j'avais besoin d'un homme ; à la vérité, je ne voulais qu'un fantôme ; j'aurais désiré qu'il fût petit-fils de Henri le Grand, qu'il eût de longs cheveux blonds ; qu'il fût beau, bien fait, bien séditieux ; qu'il eût le langage et l'amour des halles : et voilà que le hasard me fait rencontrer à Paris M. de Beaufort, échappé de la prison du roi ; c'était justement l'homme qu'il me fallait », va-t-on dire au coadjuteur : « Ah ! le hasard ! Mais si vous n'eussiez pas rencontré M. de Beaufort ? Mais ceci, mais cela... » ?

Le hasard donc conduisit en ce même endroit Figaro le barbier, beau diseur, mauvais poète, hardi musicien, grand fringueneur de guitare et jadis valet de chambre du Comte ; établi dans Séville, y faisant avec succès des barbes, des romances et des mariages ; y maniant également le fer du phlébotome et le piston du pharmacien ; la terreur des maris, la coqueluche des femmes, et justement l'homme qu'il nous fallait. Et comme, en toute recherche, ce qu'on nomme passion n'est autre chose qu'un désir irrité par la contradiction, le jeune amant, qui n'eût peut-être eu qu'un goût de fantaisie pour cette beauté, s'il l'eût rencontrée dans le monde, en devient amoureux parce qu'elle est enfermée, au point de faire l'impossible pour l'épouser.

Mais vous donner ici l'extrait entier de la pièce, Monsieur, serait douter de la sagacité, de l'adresse avec laquelle vous saisirez le dessein de l'auteur, et suivrez le fil de l'intrigue, en la lisant. Moins prévenu que le journal de Bouillon, qui se trompe avec approbation et privilège sur toute la conduite de cette pièce, vous verrez que *tous les soins de l'amant* ne *sont* pas *destinés à remettre simplement une lettre,* qui n'est là qu'un léger accessoire à l'intrigue, mais bien à s'établir dans un fort défendu par la vigilance et le soupçon, surtout à tromper un homme qui, sans cesse éventant la manœuvre, oblige l'ennemi de se retourner assez lestement pour n'être pas désarçonné d'emblée. Et lorsque vous verrez que tout le mérite du dénouement consiste en ce que le tuteur a fermé sa porte en donnant son passe-partout à Bazile, pour que lui seul et le notaire pussent entrer et conclure son mariage, vous ne laisserez pas d'être étonné qu'un critique aussi équitable se joue de la confiance de son lecteur, ou se trompe au point d'écrire, et dans Bouillon encore : *Le comte s'est donné la peine de monter au balcon par une échelle avec Figaro, quoique la porte ne soit pas fermée.*

Enfin, lorsque vous verrez le malheureux tuteur, abusé par toutes les précautions qu'il prend pour ne le point être, à la fin forcé de signer au contrat du Comte et d'approuver ce qu'il n'a pu prévenir, vous laisserez au critique à décider si ce tuteur était un *imbécile* de ne pas deviner une intrigue dont on lui cachait tout, lorsque lui, critique à qui l'on ne cachait rien, ne l'a pas devinée plus que le tuteur. En effet, s'il l'eût bien conçue, aurait-il manqué de louer tous les beaux endroits de l'ouvrage ?

Qu'il n'ait point remarqué la manière dont le premier acte annonce et déploie avec gaieté tous les caractères de la pièce, on peut lui pardonner.

Qu'il n'ait pas aperçu quelque peu de comédie dans la grande scène du second acte où, malgré la défiance et la fureur du jaloux, la pupille parvient à lui donner le change sur une lettre remise en sa présence, et à lui faire demander pardon à genoux du soupçon qu'il a montré, je le conçois encore aisément.

Qu'il n'ait pas dit un seul mot de la scène de stupéfaction de Bazile au troisième acte qui a paru si neuve au théâtre et a tant réjoui les spectateurs, je n'en suis point surpris du tout.

Passe encore qu'il n'ait pas entrevu l'embarras où l'auteur s'est jeté volontairement au dernier acte, en faisant avouer par sa pupille à son tuteur que le Comte avait dérobé la clef de la jalousie ; et comment l'auteur s'en démêle en deux mots, et sort en se jouant de la nouvelle inquiétude qu'il a imprimée aux spectateurs. C'est peu de chose en vérité.

Je veux bien qu'il ne lui soit pas venu à l'esprit que la pièce, une des plus gaies qui soient au théâtre, est écrite sans la moindre équivoque, sans une pensée, sans un seul mot dont la pudeur, même des petites loges, ait à s'alarmer; ce qui pourtant est bien quelque chose, Monsieur, dans un siècle où l'hypocrisie de la décence est poussée presque aussi loin que le relâchement des mœurs. Très volontiers. Tout cela sans doute pouvait n'être pas digne de l'attention d'un critique aussi majeur.

Mais comment n'a-t-il pas admiré ce que tous les honnêtes gens n'ont pu voir sans répandre des larmes de tendresse et de plaisir? Je veux dire: la piété filiale de ce bon Figaro, qui ne saurait oublier sa mère! *Tu connais donc ce tuteur?* lui dit le Comte au premier acte. *Comme ma mère*, répondit Figaro. Un avare aurait dit: *Comme mes poches*. Un petit-maître eût répondu: *Comme moi-même*. Un ambitieux: *Comme le chemin de Versailles*. Et le journaliste de Bouillon: *Comme mon libraire*: les comparaisons de chacun se tirant toujours de l'objet intéressant. *Comme ma mère*, a dit le fils tendre et respectueux.

Dans un autre endroit encore: *Ah! vous êtes charmant!* lui dit le tuteur. Et ce bon, cet honnête garçon, qui pouvait gaiement assimiler cet éloge à tous ceux qu'il a reçus de ses maîtresses, en revient toujours à sa bonne mère, et répond à ce mot: *Vous êtes charmant! — Il est vrai, Monsieur, que ma mère me l'a dit autrefois*. Et le journal de Bouillon ne relève point de pareils traits! Il faut avoir le cerveau bien desséché pour ne pas les voir, ou le cœur bien dur pour ne pas les sentir!

Sans compter mille autres finesses de l'art répandues à pleines mains dans cet ouvrage. Par exemple, on sait que les comédiens ont multiplié chez eux les emplois à l'infini: emplois de grande, moyenne et petite amoureuse; emplois de grands, moyens et petits valets; emplois de niais, d'important, de croquant, de paysan, de tabellion, de bailli; mais on sait qu'ils n'ont pas encore appointé celui du bâillant. Qu'a fait l'auteur pour former un comédien peu exercé au talent d'ouvrir largement la bouche au théâtre? Il s'est donné le soin de lui rassembler, dans une seule phrase, toutes les syllabes bâillantes du français: *Rien... qu'en... l'en... ten... dant... parler...* syllabes en effet qui feraient bâiller un mort, et parviendraient à desserrer les dents mêmes de l'envie!

En cet endroit admirable où, pressé par les reproches du tuteur qui lui crie: *Que direz-vous à ce malheureux qui bâille et dort tout éveillé? et à l'autre qui, depuis trois heures, éternue à se faire sauter le crâne et jaillir la cervelle, que leur direz-*

*vous?* le naïf barbier répond: *Eh parbleu! je dirai à celui qui éternue: Dieu vous bénisse! et: Va te coucher à celui qui bâille.* Réponse en effet si juste, si chrétienne et si admirable, qu'un de ces fiers critiques qui ont leurs entrées au paradis, n'a pu s'empêcher de s'écrier: «Diable! l'auteur a dû rester au moins huit jours à trouver cette réplique.»

Et le journal de Bouillon, au lieu de louer ces beautés sans nombre, use encre et papier, approbation et privilège, à mettre un pareil ouvrage au-dessous même de la critique! On me couperait le cou, Monsieur, que je ne saurais m'en taire.

N'a-t-il pas été jusqu'à dire, le cruel! que, *pour ne pas voir expirer ce Barbier sur le théâtre, il a fallu le mutiler, le changer, le refondre, l'élaguer, le réduire en quatre actes et le purger d'un grand nombre de pasquinades, de calembours, de jeux de mots, en un mot de bas comique?*

A le voir ainsi frapper comme un sourd, on juge assez qu'il n'a pas entendu le premier mot de l'ouvrage qu'il décompose. Mais j'ai l'honneur d'assurer ce journaliste, ainsi que le jeune homme qui lui taille ses plumes et ses morceaux, que, loin d'avoir purgé la pièce d'aucun des *calembours, jeux de mots,* etc., qui lui eussent nui le premier jour, l'auteur a fait rentrer dans les actes restés au théâtre tout ce qu'il en a pu reprendre à l'acte au portefeuille: tel un charpentier économe cherche, dans ses copeaux épars sur le chantier, tout ce qui peut servir à cheviller et à boucher les moindres trous de son ouvrage.

Passerons-nous sous silence le reproche aigu qu'il fait à la jeune personne d'avoir *tous les défauts d'une fille mal élevée?* Il est vrai que pour échapper aux conséquences d'une telle imputation, il tente de la rejeter sur autrui, comme s'il n'en était pas l'auteur, en employant cette expression brutale: *On trouve à la jeune personne,* etc. On trouve!...

Que voulait-il donc qu'elle fît? Qu'au lieu de se prêter aux vues d'un jeune amant très aimable et qui se trouve un homme de qualité, notre charmante enfant épousât le vieux podagre médecin? Le noble établissement qu'il lui destinait là! Et parce qu'on n'est pas de l'avis de Monsieur, on a *tous les défauts d'une fille mal élevée!*

En vérité, si le journal de Bouillon se fait des amis en France par la justesse et la candeur de ses critiques, il faut avouer qu'il en aura beaucoup moins au-delà des Pyrénées, et qu'il est surtout un peu bien dur pour les dames espagnoles.

Eh! qui sait si Son Excellence Madame la Comtesse Almaviva, l'exemple des femmes de son état et vivant comme un ange avec son mari, quoiqu'elle ne l'aime plus, ne se ressentira pas un jour des libertés qu'on se donne à Bouillon sur elle, avec approbation et privilège ?

L'imprudent journaliste a-t-il au moins réfléchi que Son Excellence ayant, par le rang de son mari, le plus grand crédit dans les bureaux, eût pu lui faire obtenir quelque pension sur la gazette d'Espagne ou la gazette elle-même, et que, dans la carrière qu'il embrasse, il faut plus de ménagements pour les femmes de qualité ? Qu'est-ce que cela me fait, à moi ? L'on sent bien que c'est pour lui seul que j'en parle.

Il est temps de laisser cet adversaire, quoiqu'il soit à la tête des gens qui prétendent que, *n'ayant pu me soutenir en cinq actes, je me suis mis en quatre pour ramener le public*. Et quand cela serait ? Dans un moment d'oppression, ne vaut-il pas mieux sacrifier un cinquième de son bien que de le voir tout entier au pillage ?

Mais ne tombez pas, cher lecteur... (Monsieur, veux-je dire), ne tombez pas, je vous prie, dans une erreur populaire qui ferait grand tort à votre jugement.

Ma pièce, qui paraît n'être aujourd'hui qu'en quatre actes, est réellement et de fait en cinq, qui sont le premier, le deuxième, le troisième, le quatrième et le cinquième, à l'ordinaire.

Il est vrai que, le jour du combat, voyant les ennemis acharnés, le parterre ondulant, agité, grondant au loin comme les flots de la mer et trop certain que ces mugissements sourds, précurseurs des tempêtes, ont amené plus d'un naufrage, je vins à réfléchir que beaucoup de pièces en cinq actes (comme la mienne), toutes très bien faites d'ailleurs (comme la mienne), n'auraient pas été au diable en entier (comme la mienne), si l'auteur eût pris un parti vigoureux (comme le mien).

« Le dieu des cabales est irrité ! » dis-je aux comédiens avec force :

*Enfants ! un sacrifice est ici nécessaire.*

Alors, faisant la part au diable et déchirant mon manuscrit : « Dieu des siffleurs, moucheurs, cracheurs, pousseurs et perturbateurs, m'écriai-je, il te faut du sang ? Bois mon quatrième acte et que ta fureur s'apaise ! »

A l'instant vous eussiez vu ce bruit infernal qui faisait pâlir et broncher les acteurs, s'affaiblir, s'éloigner, s'anéantir, l'applaudissement lui succéder, et des bas-fonds du parterre un *bravo* général s'élever, en circulant, jusqu'aux hauts bancs du paradis.

De cet exposé, Monsieur, il suit que ma pièce est restée en

cinq actes, qui sont le premier, le deuxième, le troisième au théâtre, le quatrième au diable et le cinquième avec les trois premiers. Tel auteur même vous soutiendra que ce quatrième acte, qu'on n'y voit point, n'en est pas moins celui qui fait le plus de bien à la pièce, en ce qu'on ne l'y voit point.

Laissons jaser le monde; il me suffit d'avoir prouvé mon dire; il me suffit, en faisant mes cinq actes, d'avoir montré mon respect pour Aristote, Horace, Aubignac et les Modernes, et d'avoir mis ainsi l'honneur de la règle à couvert.

Par le second arrangement, le diable a son affaire; mon char n'en roule pas moins bien sans la cinquième roue, le public est content, je le suis aussi. Pourquoi le journal de Bouillon ne l'est-il pas? — Ah! pourquoi? C'est qu'il est bien difficile de plaire à des gens qui, par métier, doivent ne jamais trouver les choses gaies assez sérieuses, ni les graves assez enjouées.

Je me flatte, Monsieur, que cela s'appelle raisonner par principes et que vous n'êtes pas mécontent de mon petit syllogisme.

Reste à répondre aux observations dont quelques personnes ont honoré le moins important des drames hasardés depuis un siècle au théâtre. Je mets à part les lettres écrites aux comédiens, à moi-même, sans signature et vulgairement appelées anonymes; on juge, à l'âpreté du style, que leurs auteurs, peu versés dans la critique, n'ont pas assez senti qu'une mauvaise pièce n'est point une mauvaise action, et que telle injure, convenable à un méchant homme, est toujours déplacée à un méchant écrivain. Passons aux autres.

Des connaisseurs ont remarqué que j'étais tombé dans l'inconvénient de faire critiquer des usages français par un plaisant de Séville à Séville, tandis que la vraisemblance exigeait qu'il s'étayât sur les mœurs espagnoles. Ils ont raison; j'y avais même tellement pensé que, pour rendre la vraisemblance encore plus parfaite, j'avais d'abord résolu d'écrire et de faire jouer la pièce en langage espagnol; mais un homme de goût m'a fait observer qu'elle en perdrait peut-être un peu de sa gaieté pour le public de Paris, raison qui m'a déterminé à l'écrire en français; en sorte que j'ai fait, comme on voit, une multitude de sacrifices à la gaieté, mais sans pouvoir parvenir à dérider le journal de Bouillon.

Un autre amateur, saisissant l'instant qu'il y avait beaucoup de monde au foyer, m'a reproché, du ton le plus sérieux, que ma pièce ressemblait à *On ne s'avise jamais de tout*. « Ressembler, Monsieur! Je soutiens que ma pièce est *On ne s'avise jamais de tout*, lui-même. — Et comment cela ? — C'est qu'on ne s'était pas encore avisé de ma pièce. » L'amateur resta court, et l'on en rit d'autant plus que celui-là qui me reprochait *On ne s'avise jamais de tout* est un homme qui ne s'est jamais avisé de rien.

Quelques jours après (ceci est plus sérieux), chez une dame incommodée, un monsieur grave, en habit noir, coiffure bouffante et canne à corbin, lequel touchait légèrement le poignet de la dame, proposa civilement plusieurs doutes sur la vérité des traits que j'avais lancés contre les médecins. « Monsieur, lui dis-je, êtes-vous ami de quelqu'un d'eux ? Je serais désolé qu'un badinage... — On ne peut pas moins ; je vois que vous ne me connaissez pas, je ne prends jamais le parti d'aucun, je parle ici pour le corps en général. » Cela me fit beaucoup chercher quel homme ce pouvait être. « En fait de plaisanterie, ajoutai-je, vous savez, Monsieur, qu'on ne demande jamais si l'histoire est vraie, mais si elle est bonne. — Eh ! croyez-vous moins perdre à cet examen qu'au premier ? — A merveille, docteur, dit la dame. Le monstre qu'il est ! n'a-t-il pas osé parler mal aussi de nous ? Faisons cause commune. »

A ce mot de *docteur*, je commençai à soupçonner qu'elle parlait à son médecin. « Il est vrai, Madame et Monsieur, repris-je avec modestie, que je me suis permis ces légers torts, d'autant plus aisément qu'ils tirent moins à conséquence. »

Eh ! qui pourrait nuire à deux corps puissants dont l'empire embrasse l'univers et se partage le monde ? Malgré les envieux, les belles y régneront toujours par le plaisir, et les médecins par la douleur ; et la brillante santé nous ramène à l'amour, comme la maladie nous rend à la médecine.

Cependant, je ne sais si, dans la balance des avantages, la Faculté ne l'emporte pas un peu sur la beauté. Souvent on voit les belles nous renvoyer aux médecins ; mais plus souvent encore les médecins nous gardent et ne nous renvoient plus aux belles.

En plaisantant donc, il faudrait peut-être avoir égard à la différence des ressentiments et songer que, si les belles se vengent en se séparant de nous, ce n'est qu'un mal négatif ; au lieu que les médecins se vengent en s'en emparant, ce qui devient très positif.

Que, quand ces derniers nous tiennent, ils font de nous tout ce qu'ils veulent ; au lieu que les belles, toutes belles qu'elles sont, n'en font jamais que ce qu'elles peuvent.

Que le commerce des belles nous les rend bientôt moins

nécessaires ; au lieu que l'usage des médecins finit par nous les rendre indispensables.

Enfin, que l'un de ces empires ne semble établi que pour assurer la durée de l'autre puisque, plus la verte jeunesse est livrée à l'amour, plus la pâle vieillesse appartient sûrement à la médecine.

Au reste, ayant fait contre moi cause commune, il était juste, Madame et Monsieur, que je vous offrisse en commun mes justifications. Soyez donc persuadés que, faisant profession d'adorer les belles et de redouter les médecins, c'est toujours en badinant que je dis du mal de la beauté ; comme ce n'est jamais sans trembler que je plaisante un peu la Faculté. Ma déclaration n'est point suspecte à votre égard, Mesdames, et mes plus acharnés ennemis sont forcés d'avouer que, dans un instant d'humeur où mon dépit contre une belle allait s'épancher trop librement sur toutes les autres, on m'a vu m'arrêter tout court au vingt-cinquième couplet, et, par le plus prompt repentir, faire ainsi, dans le vingt-sixième, amende honorable aux belles irritées :

*Sexe charmant, si je décèle*
*Votre cœur en proie au désir,*
*Souvent à l'amour infidèle,*
*Mais toujours fidèle au plaisir ;*
*D'un badinage, ô mes Déesses !*
*Ne cherchez point à vous venger :*
*Tel glose, hélas ! sur vos faiblesses*
*Qui brûle de les partager.*

Quant à vous, Monsieur le Docteur, on sait assez que Molière... « Au désespoir, dit-il en se levant, de ne pouvoir profiter plus longtemps de vos lumières : mais l'humanité qui gémit ne doit pas souffrir de mes plaisirs. » Il me laissa, ma foi, la bouche ouverte avec ma phrase en l'air. « Je ne sais pas, dit la belle malade en riant, si je vous pardonne ; mais je vois bien que notre docteur ne vous pardonne pas. — Le nôtre, Madame ? Il ne sera jamais le mien. — Eh ! pourquoi ? — Je ne sais ; je craindrais qu'il ne fût au-dessous de son état, puisqu'il n'est jamais au-dessus des plaisanteries qu'on en peut faire. » Ce docteur n'est pas de mes gens. L'homme assez consommé dans son art pour en avouer de bonne foi l'incertitude, assez spirituel pour rire avec moi de ceux qui le disent infaillible : tel est mon médecin. En me rendant ses soins qu'ils appellent des visites, en me donnant ses conseils qu'ils nomment des ordonnances, il remplit dignement et sans faste la plus noble fonction d'une âme éclairée et sensible. Avec plus d'esprit, il calcule plus de rapports, et c'est tout ce qu'on peut dans un art aussi utile qu'incertain. Il me raisonne, il me console, il me guide et la nature fait le reste. Aussi, loin de s'offenser de la plaisanterie, est-il le premier à l'opposer au pédantisme. A l'infatué qui lui dit gravement : « De quatre-vingts fluxions de poitrine que j'ai traitées cet automne, un seul malade a péri dans mes mains », mon docteur répond en souriant : « Pour moi, j'ai prêté mes secours à plus de cent cet hiver ; hélas ! je n'en ai pu sauver qu'un seul. » Tel est mon aimable médecin. « Je le connais. — Vous permettez bien que je ne l'échange pas contre le vôtre. Un pédant n'aura pas plus ma confiance en maladie qu'une bégueule n'obtiendrait mon hommage en santé. Mais je ne suis qu'un sot. Au lieu de vous rappeler mon amende honorable au beau sexe, je devais lui chanter le couplet de la bégueule ; il est tout fait pour lui.

*Pour égayer ma poésie,*
*Au hasard j'assemble des traits ;*
*J'en fais, peintre de fantaisie,*
*Des tableaux, jamais des portraits.*
*La femme d'esprit, qui s'en moque,*
*Sourit finement à l'auteur ;*
*Pour l'imprudente qui s'en choque,*
*Sa colère est son délateur.*

« A propos de chanson, dit la dame, vous êtes bien honnête d'avoir été donner votre pièce aux Français ! Moi qui n'ai de petite loge qu'aux Italiens ! Pourquoi n'en avoir pas fait un opéra-comique ? Ce fut, dit-on, votre première idée. La pièce est d'un genre à comporter de la musique.

— Je ne sais si elle est propre à la supporter, ou si je m'étais trompé d'abord en le supposant ; mais, sans entrer dans les raisons qui m'ont fait changer d'avis, celle-ci, Madame, répond à tout. »

Notre musique dramatique ressemble trop encore à notre musique chansonnière pour en attendre un véritable intérêt ou de la gaieté franche. Il faudra commencer à l'employer sérieusement au théâtre quand on sentira bien qu'on ne doit y chanter que pour parler ; quand nos musiciens se rapprocheront de la nature, et surtout cesseront de s'imposer l'absurde loi de toujours revenir à la première partie d'un air après qu'ils en ont dit la seconde. Est-ce qu'il y a des reprises et des rondeaux dans un drame ? Ce cruel radotage est la mort de l'intérêt et dénote un vide insupportable dans les idées.

Moi qui ai toujours chéri la musique sans inconstance et même sans infidélité, souvent, aux pièces qui m'attachent le plus, je me surprends à pousser de l'épaule, à dire tout bas avec humeur : Eh ! va donc, musique ! pourquoi toujours répéter ? N'es-tu pas assez lente ? Au lieu de narrer vivement, tu rabâches ! Au lieu de peindre la passion, tu t'accroches aux mots ! Le poète se tue à serrer l'événement, et toi tu le délayes ! Que lui sert de rendre son style énergique et pressé, si tu l'ensevelis sous d'inutiles fredons. Avec ta stérile abondance, reste, reste aux chansons pour toute nourriture, jusqu'à ce que tu connaisses le langage sublime et tumultueux des passions.

En effet, si la déclamation est déjà un abus de la narration au théâtre, le chant, qui est un abus de la déclamation, n'est donc, comme on voit, que l'abus de l'abus. Ajoutez-y la répétition des phrases, et voyez ce que devient l'intérêt. Pendant que le vice ici va toujours en croissant, l'intérêt marche à sens contraire ; l'action s'alanguit ; quelque chose me manque ; je deviens distrait ; l'ennui me gagne ; et si je cherche alors à deviner ce que je voudrais, il m'arrive souvent de trouver que je voudrais la fin du spectacle.

Il est un autre art d'imitation, en général beaucoup moins avancé que la musique, mais qui semble en ce point lui servir de leçon. Pour la variété seulement, la danse élevée est déjà le modèle du chant.

Voyez le superbe Vestris ou le fier d'Auberval engager un pas de caractère. Il ne danse pas encore ; mais d'aussi loin qu'il paraît, son port libre et dégagé fait déjà lever la tête aux spectateurs. Il inspire autant de fierté qu'il promet de plaisirs. Il est parti. Pendant que le musicien redit vingt fois ses phrases et monotone ses mouvements, le danseur varie les siens à l'infini.

Le voyez-vous s'avancer légèrement à petits bonds, reculer à grands pas et faire oublier le comble de l'art par la plus ingénieuse négligence ? Tantôt sur un pied, gardant le plus savant équilibre, et suspendu sans mouvement pendant plusieurs mesures, il étonne, il surprend par l'immobilité de son aplomb... Et soudain, comme s'il regrettait le temps de repos, il part comme un trait, vole au fond du théâtre, et revient, en pirouettant, avec une rapidité que l'œil peut suivre à peine.

L'air a beau recommencer, rigaudonner, se répéter, se radoter, il ne se répète point, lui ! tout en déployant les mâles beautés d'un corps souple et puissant, il peint les mouvements violents dont son âme est agitée ; il vous lance un regard passionné que ses bras mollement ouverts rendent plus expressif ; et, comme s'il se lassait bientôt de vous plaire, il se relève avec dédain, se dérobe à l'œil qui le suit, et la passion la plus fougueuse semble alors naître et sortir de la plus douce ivresse. Impétueux, turbulent, il exprime une colère si bouillante et si vraie qu'il m'arrache à mon siège et me fait froncer le sourcil. Mais, reprenant soudain le geste et l'accent d'une volupté paisible, il erre nonchalamment avec une grâce, une mollesse et des mouvements si délicats, qu'il enlève autant de suffrages qu'il y a de regards attachés sur sa danse enchanteresse.

Compositeurs, chantez comme il danse, et nous aurons, au lieu d'opéras, des mélodrames! Mais j'entends mon éternel censeur (je ne sais plus s'il est d'ailleurs ou de Bouillon), qui me dit: « Que prétend-on par ce tableau? Je vois un talent supérieur, et non la danse en général. C'est dans sa marche ordinaire qu'il faut saisir un art pour le comparer, et non dans ses efforts les plus sublimes. N'avons-nous pas... »

Je l'arrête à mon tour. Eh! quoi! si je veux peindre un coursier et me former une juste idée de ce noble animal, irai-je le chercher hongre et vieux, gémissant au timon du fiacre, ou trottinant sous le plâtrier qui siffle? Je le prends au haras, fier étalon, vigoureux, découplé, l'œil ardent, frappant la terre et soufflant le feu par les naseaux, bondissant de désirs et d'impatience, ou fendant l'air, qu'il électrise, et dont le brusque hennissement réjouit l'homme et fait tressaillir toutes les cavales de la contrée. Tel est mon danseur.

Et quand je crayonne un art, c'est parmi les plus grands sujets qui l'exercent que j'entends choisir mes modèles; tous les efforts du génie... Mais je m'éloigne trop de mon sujet; revenons au *Barbier de Séville*... ou plutôt, Monsieur, n'y revenons pas. C'est assez pour une bagatelle. Insensiblement je tomberais dans le défaut reproché trop justement à nos Français, de toujours faire de petites chansons sur les grandes affaires et de grandes distractions sur les petites.

Je suis, avec le plus profond respect,

Monsieur,

Votre humble et très obéissant serviteur.

L'AUTEUR.

# Le Barbier de Séville

*Comédie*

## Acteurs

*Les habits des acteurs doivent être dans l'ancien costume espagnol.*

LE COMTE ALMAVIVA, *grand d'Espagne, amant inconnu de Rosine*
paraît, au premier acte, en veste et culotte de satin ; il est enveloppé d'un grand manteau brun, ou cape espagnole ; chapeau noir rabattu avec un ruban de couleur autour de la forme. Au deuxième acte, habit uniforme de cavalier, avec des moustaches et des bottines. Au troisième, habillé en bachelier ; cheveux ronds, grande fraise au cou ; veste, culotte, bas et manteau d'abbé. Au quatrième acte, il est vêtu superbement à l'espagnole avec un riche manteau ; par-dessus tout, le large manteau brun dont il se tient enveloppé.

BARTHOLO, *médecin, tuteur de Rosine*
habit noir, court, boutonné ; grande perruque ; fraise et manchettes relevées ; une ceinture noire ; et quand il veut sortir de chez lui, un long manteau écarlate.

ROSINE, *jeune personne d'extraction noble, et pupille de Bartholo*
habillée à l'espagnole.

FIGARO, *barbier de Séville*
en habit de majo espagnol. La tête couverte d'une rescille, ou filet ; chapeau blanc, ruban de couleur autour de la forme, un fichu de soie attaché fort lâche à son cou, gilet et haut-de-chausses de satin, avec des boutons et boutonnières frangés d'argent ; une grande ceinture de soie, les jarretières nouées avec des glands qui pendent sur chaque jambe ; veste de couleur tranchante, à grands revers de la couleur du gilet ; bas blancs et souliers gris.

DON BAZILE, *organiste, maître à chanter de Rosine*
chapeau noir rabattu, soutanelle et long manteau, sans fraise ni manchettes.

LA JEUNESSE, *vieux domestique de Bartholo*

L'ÉVEILLÉ, *autre valet de Bartholo, garçon niais et endormi*
tous deux habillés en Galiciens ; tous les cheveux dans la queue ; gilet couleur de chamois ; large ceinture de peau avec une boucle ; culotte bleue et veste de même, dont les manches, ouvertes aux épaules pour le passage des bras, sont pendantes par-derrière.

UN NOTAIRE

UN ALCADE, *homme de justice*
avec une longue baguette blanche à la main.

PLUSIEURS ALGUAZILS et VALETS
avec des flambeaux.

*La scène est à Séville, dans la rue et sous les fenêtres de Rosine, au premier acte ; et le reste de la pièce dans la maison du docteur Bartholo.*

# Acte I

*Le théâtre représente une rue de Séville, où toutes les croisées sont grillées.*

## Scène 1

LE COMTE, *seul, en grand manteau brun et chapeau rabattu. Il tire sa montre en se promenant.*

Le jour est moins avancé que je ne croyais. L'heure à laquelle elle a coutume de se montrer derrière sa jalousie est encore éloignée. N'importe; il vaut mieux arriver trop tôt, que de manquer l'instant de la voir. Si quelque aimable de la Cour pouvait me deviner à cent lieues de Madrid, arrêté tous les matins sous les fenêtres d'une femme à qui je n'ai jamais parlé, il me prendrait pour un Espagnol du temps d'Isabelle... Pourquoi non? Chacun court après le bonheur. Il est pour moi dans le cœur de Rosine... Mais quoi! suivre une femme à Séville, quand Madrid et la Cour offrent de toutes parts des plaisirs si faciles?... Et c'est cela même que je fuis. Je suis las des conquêtes que l'intérêt, la convenance ou la vanité nous présentent sans cesse. Il est si doux d'être aimé pour soi-même! Et si je pouvais m'assurer sous ce déguisement... Au diable l'importun!

## Scène 2

FIGARO, LE COMTE, *caché*

FIGARO, *une guitare sur le dos, attachée en bandoulière avec un large ruban; il chantonne gaiement, un papier et un crayon à la main.*

Bannissons le chagrin,
Il nous consume :
Sans le ſeu du bon vin
Qui nous rallume,
Réduit à languir,
L'homme, sans plaisir,
Vivrait comme un sot,
Et mourrait bientôt.

Jusque-là ceci ne va pas mal, hein, hein ?

Et mourrait bientôt...
Le vin et la paresse
Se disputent mon cœur.

Eh non ! ils ne se le disputent pas, ils y règnent paisiblement ensemble...

Se partagent... mon cœur.

Dit-on : se partagent ?... Eh ! mon Dieu, nos faiseurs d'opéras-comiques n'y regardent pas de si près. Aujourd'hui, ce qui ne vaut pas la peine d'être dit, on le chante. (*Il chante.*)

Le vin et la paresse
Se partagent mon cœur.

Je voudrais finir par quelque chose de beau, de brillant, de scintillant, qui eût l'air d'une pensée. (*Il met un genou en terre, et écrit en chantant.*)

Se partagent mon cœur.
Si l'une a ma tendresse...
L'autre fait mon bonheur.

Fi donc ! c'est plat. Ce n'est pas ça... Il me faut une opposition, une antithèse :

Si l'une... est ma maîtresse,
L'autre...

Eh ! parbleu, j'y suis :

L'autre est mon serviteur.

Fort bien, Figaro !... (*Il écrit en chantant.*)

Le vin et la paresse
Se partagent mon cœur.
Si l'une est ma maîtresse,
L'autre est mon serviteur.
L'autre est mon serviteur.
L'autre est mon serviteur.

Hem, hem, quand il y aura des accompagnements là-dessous, nous verrons encore, messieurs de la cabale, si je ne sais ce que je dis… (*Il aperçoit le comte.*) J'ai vu cet abbé-là quelque part. (*Il se relève.*)

LE COMTE, *à part.* Cet homme ne m'est pas inconnu.

FIGARO. Eh non, ce n'est pas un abbé ! Cet air altier et noble…

LE COMTE. Cette tournure grotesque…

FIGARO. Je ne me trompe point : c'est le comte Almaviva.

LE COMTE. Je crois que c'est ce coquin de Figaro.

FIGARO. C'est lui-même, Monseigneur.

LE COMTE. Maraud ! si tu dis un mot…

FIGARO. Oui, je vous reconnais ; voilà les bontés familières dont vous m'avez toujours honoré.

LE COMTE. Je ne te reconnaissais pas, moi. Te voilà si gros et si gras…

FIGARO. Que voulez-vous, Monseigneur, c'est la misère.

LE COMTE. Pauvre petit ! Mais que fais-tu à Séville ? Je t'avais autrefois recommandé dans les bureaux pour un emploi.

FIGARO. Je l'ai obtenu, Monseigneur ; et ma reconnaissance…

LE COMTE. Appelle-moi Lindor. Ne vois-tu pas, à mon déguisement, que je veux être inconnu ?

FIGARO. Je me retire.

LE COMTE. Au contraire. J'attends ici quelque chose, et deux hommes qui jasent sont moins suspects qu'un seul qui se promène. Ayons l'air de jaser. Eh bien, cet emploi ?

FIGARO. Le ministre, ayant égard à la recommandation de Votre Excellence, me fit nommer sur-le-champ garçon apothicaire.

LE COMTE. Dans les hôpitaux de l'armée ?

FIGARO. Non ; dans les haras d'Andalousie.

LE COMTE, *riant.* Beau début !

FIGARO. Le poste n'était pas mauvais, parce qu'ayant le district des pansements et des drogues, je vendais souvent aux hommes de bonnes médecines de cheval…

LE COMTE. Qui tuaient les sujets du roi !

FIGARO. Ah, ah, il n'y a point de remède universel — … mais qui n'ont pas laissé de guérir quelquefois des Galiciens, des Catalans, des Auvergnats.

LE COMTE. Pourquoi donc l'as-tu quitté ?

FIGARO. Quitté ? C'est bien lui-même ; on m'a desservi auprès des puissances :

L'envie aux doigts crochus, au teint pâle et livide...

LE COMTE. Oh grâce ! grâce, ami ! Est-ce que tu fais aussi des vers ? Je t'ai vu là griffonnant sur ton genou, et chantant dès le matin.

FIGARO. Voilà précisément la cause de mon malheur, Excellence. Quand on a rapporté au ministre que je faisais, je puis dire assez joliment, des bouquets à Chloris, que j'envoyais des énigmes aux journaux, qu'il courait des madrigaux de ma façon ; en un mot, quand il a su que j'étais imprimé tout vif, il a pris la chose au tragique et m'a fait ôter mon emploi, sous prétexte que l'amour des lettres est incompatible avec l'esprit des affaires.

LE COMTE. Puissamment raisonné ! Et tu ne lui fis pas représenter...

FIGARO. Je me crus trop heureux d'en être oublié, persuadé qu'un grand nous fait assez de bien quand il ne nous fait pas de mal.

LE COMTE. Tu ne dis pas tout. Je me souviens qu'à mon service tu étais un assez mauvais sujet.

FIGARO. Eh ! mon Dieu, Monseigneur, c'est qu'on veut que le pauvre soit sans défaut.

LE COMTE. Paresseux, dérangé...

FIGARO. Aux vertus qu'on exige dans un domestique, Votre Excellence connaît-elle beaucoup de maîtres qui fussent dignes d'être valets ?

LE COMTE, *riant*. Pas mal ! Et tu t'es retiré en cette ville ?

FIGARO. Non, pas tout de suite.

LE COMTE, *l'arrêtant*. Un moment... J'ai cru que c'était elle... Dis toujours, je t'entends de reste.

FIGARO. De retour à Madrid, je voulus essayer de nouveau mes talents littéraires ; et le théâtre me parut un champ d'honneur...

LE COMTE. Ah ! miséricorde !

FIGARO. (*Pendant sa réplique, le comte regarde avec attention du côté de la jalousie.*) En vérité, je ne sais comment je n'eus pas le plus grand succès, car j'avais rempli le parterre des plus excellents travailleurs ; des mains... comme des battoirs ; j'avais interdit les gants, les cannes, tout ce qui ne produit que des applaudissements sourds ; et d'honneur, avant la pièce, le café m'avait paru dans les meilleures dispositions pour moi. Mais les efforts de la cabale...

LE COMTE. Ah ! la cabale ! monsieur l'auteur tombé !

FIGARO. Tout comme un autre ; pourquoi pas ? Ils m'ont sifflé ; mais si jamais je puis les rassembler...

LE COMTE. L'ennui te vengera bien d'eux ?

FIGARO. Ah ! comme je leur en garde, morbleu !

LE COMTE. Tu jures ! Sais-tu qu'on n'a que vingt-quatre heures, au Palais, pour maudire ses juges ?

FIGARO. On a vingt-quatre ans au théâtre ; la vie est trop courte pour user un pareil ressentiment.

LE COMTE. Ta joyeuse colère me réjouit. Mais tu ne me dis pas ce qui t'a fait quitter Madrid.

FIGARO. C'est mon bon ange, Excellence, puisque je suis assez heureux pour retrouver mon ancien maître. Voyant à Madrid que la république des lettres était celle des loups, toujours armés les uns contre les autres, et que, livrés au mépris où ce risible acharnement les conduit, tous les insectes, les moustiques, les cousins, les critiques, les maringouins, les envieux, les feuillistes, les libraires, les censeurs, et tout ce qui s'attache à la peau des malheureux gens de lettres, achevait de déchiqueter et sucer le peu de substance qui leur restait ; fatigué d'écrire, ennuyé de moi, dégoûté des autres, abîmé de dettes et léger d'argent ; à la fin convaincu que l'utile revenu du rasoir est préférable aux vains honneurs de la plume, j'ai quitté Madrid ; et, mon bagage en sautoir, parcourant philosophiquement les deux Castilles, la Manche, l'Estramadure, la Sierra-Morena, l'Andalousie, accueilli dans une ville, emprisonné dans l'autre, et partout supérieur aux événements : loué par ceux-ci, blâmé par ceux-là ; aidant au bon temps, supportant le mauvais ; me moquant des sots, bravant les méchants ; riant de ma misère, et faisant la barbe à tout le monde, vous me voyez enfin établi dans Séville, et prêt à servir de nouveau Votre Excellence en tout ce qu'il lui plaira de m'ordonner.

LE COMTE. Qui t'a donné une philosophie aussi gaie ?

FIGARO. L'habitude du malheur. Je me presse de rire de tout, de peur d'être obligé d'en pleurer. Que regardez-vous donc toujours de ce côté ?

LE COMTE. Sauvons-nous.

FIGARO. Pourquoi ?

LE COMTE. Viens donc, malheureux ! tu me perds.

*Ils se cachent.*

## Scène 3

BARTHOLO, ROSINE

*La jalousie du premier étage s'ouvre, et Bartholo et Rosine se mettent à la fenêtre.*

ROSINE. Comme le grand air fait plaisir à respirer !... Cette jalousie s'ouvre si rarement...

BARTHOLO. Quel papier tenez-vous là ?

ROSINE. Ce sont des couplets de *La Précaution inutile*, que mon maître à chanter m'a donnés hier.

BARTHOLO. Qu'est-ce que *La Précaution inutile* ?

ROSINE. C'est une comédie nouvelle.

BARTHOLO. Quelque drame encore ! quelque sottise d'un nouveau genre !

ROSINE. Je n'en sais rien.

BARTHOLO. Euh, euh, les journaux et l'autorité nous en feront raison. Siècle barbare !...

ROSINE. Vous injuriez toujours notre pauvre siècle.

BARTHOLO. Pardon de la liberté ! Qu'a-t-il produit pour qu'on le loue ? Sottises de toute espèce : la liberté de penser, l'attraction, l'électricité, le tolérantisme, l'inoculation, le quinquina, l'*Encyclopédie*, et les drames...

ROSINE. (*Le papier lui échappe et tombe dans la rue.*) Ah ! ma chanson ! ma chanson est tombée en vous écoutant ; courez, courez donc, monsieur ! ma chanson, elle sera perdue !

BARTHOLO. Que diable aussi, l'on tient ce qu'on tient.

*Il quitte le balcon.*

ROSINE *regarde en dedans et fait signe dans la rue.* St, st ! (*Le comte paraît.*) Ramassez vite et sauvez-vous.

*Le comte ne fait qu'un saut, ramasse le papier et rentre.*

BARTHOLO *sort de la maison et cherche.* Où donc est-il ? Je ne vois rien.

ROSINE. Sous le balcon, au pied du mur.

BARTHOLO. Vous me donnez là une jolie commission ! Il est donc passé quelqu'un ?

ROSINE. Je n'ai vu personne.

BARTHOLO, *à lui-même*. Et moi qui ai la bonté de chercher !... Bartholo, vous n'êtes qu'un sot, mon ami : ceci doit vous apprendre à ne jamais ouvrir de jalousies sur la rue.

*Il rentre.*

ROSINE, *toujours au balcon*. Mon excuse est dans mon malheur : seule, enfermée, en butte à la persécution d'un homme odieux, est-ce un crime de tenter à sortir d'esclavage ?

BARTHOLO, *paraissant au balcon*. Rentrez, signora ; c'est ma faute si vous avez perdu votre chanson ; mais ce malheur ne vous arrivera plus, je vous jure.

*Il ferme la jalousie à la clef.*

## Scène 4

LE COMTE, FIGARO

*Ils entrent avec précaution.*

LE COMTE. A présent qu'ils sont retirés, examinons cette chanson dans laquelle un mystère est sûrement renfermé. C'est un billet !

FIGARO. Il demandait ce que c'est que *La Précaution inutile* !

LE COMTE *lit vivement*. « Votre empressement excite ma curiosité : sitôt que mon tuteur sera sorti, chantez indifféremment, sur l'air connu de ces couplets, quelque chose qui m'apprenne enfin le nom, l'état et les intentions de celui qui paraît s'attacher si obstinément à l'infortunée Rosine. »

FIGARO, *contrefaisant la voix de Rosine*. Ma chanson, ma chanson est tombée ; courez, courez donc ; (*Il rit.*) ah, ah, ah ! Oh ! ces femmes ! voulez-vous donner de l'adresse à la plus ingénue ? enfermez-la.

LE COMTE. Ma chère Rosine !

FIGARO. Monseigneur, je ne suis plus en peine des motifs de votre mascarade ; vous faites ici l'amour en perspective.

LE COMTE. Te voilà instruit; mais si tu jases...

FIGARO. Moi, jaser! Je n'emploierai point pour vous rassurer les grandes phrases d'honneur et de dévouement dont on abuse à la journée; je n'ai qu'un mot: mon intérêt vous répond de moi; pesez tout à cette balance, et...

LE COMTE. Fort bien. Apprends donc que le hasard m'a fait rencontrer au Prado, il y a six mois, une jeune personne d'une beauté...! Tu viens de la voir. Je l'ai fait chercher en vain par tout Madrid. Ce n'est que depuis peu de jours que j'ai découvert qu'elle s'appelle Rosine, est d'un sang noble, orpheline, et mariée à un vieux médecin de cette ville, nommé Bartholo.

FIGARO. Joli oiseau, ma foi! difficile à dénicher! Mais qui vous a dit qu'elle était femme du docteur?

LE COMTE. Tout le monde.

FIGARO. C'est une histoire qu'il a forgée en arrivant de Madrid, pour donner le change aux galants et les écarter; elle n'est encore que sa pupille, mais bientôt...

LE COMTE, *vivement*. Jamais!... Ah! quelle nouvelle! J'étais résolu de tout oser pour lui présenter mes regrets, et je la trouve libre! Il n'y a pas un moment à perdre; il faut m'en faire aimer, et l'arracher à l'indigne engagement qu'on lui destine. Tu connais donc ce tuteur?

FIGARO. Comme ma mère.

LE COMTE. Quel homme est-ce?

FIGARO, *vivement*. C'est un beau gros, court, jeune vieillard, gris, pommelé, rusé, rasé, blasé, qui guette, et furette, et gronde, et geint tout à la fois.

LE COMTE, *impatienté*. Eh! je l'ai vu. Son caractère?

FIGARO. Brutal, avare, amoureux et jaloux à l'excès de sa pupille, qui le hait à la mort.

LE COMTE. Ainsi, ses moyens de plaire sont...

FIGARO. Nuls.

LE COMTE. Tant mieux. Sa probité?

FIGARO. Tout juste autant qu'il en faut pour n'être point pendu.

LE COMTE. Tant mieux. Punir un fripon en se rendant heureux...

FIGARO. C'est faire à la fois le bien public et particulier, chef-d'œuvre de morale, en vérité, Monseigneur!

LE COMTE. Tu dis que la crainte des galants lui fait fermer sa porte ?

FIGARO. A tout le monde : s'il pouvait la calfeutrer...

LE COMTE. Ah ! diable, tant pis. Aurais-tu de l'accès chez lui ?

FIGARO. Si j'en ai ! *Primo*, la maison que j'occupe appartient au docteur, qui m'y loge *gratis*.

LE COMTE. Ah ! ah !

FIGARO. Oui. Et moi, en reconnaissance, je lui promets dix pistoles d'or par an, *gratis* aussi.

LE COMTE, *impatienté*. Tu es son locataire ?

FIGARO. De plus, son barbier, son chirurgien, son apothicaire ; il ne se donne pas dans sa maison un coup de rasoir, de lancette ou de piston, qui ne soit de la main de votre serviteur.

LE COMTE *l'embrasse*. Ah ! Figaro, mon ami, tu seras mon ange, mon libérateur, mon dieu tutélaire.

FIGARO. Peste ! comme l'utilité vous a bientôt rapproché les distances ! Parlez-moi des gens passionnés !

LE COMTE. Heureux Figaro, tu vas voir ma Rosine ! tu vas la voir ! Conçois-tu ton bonheur ?

FIGARO. C'est bien là un propos d'amant ! Est-ce que je l'adore, moi ? Puissiez-vous prendre ma place !

LE COMTE. Ah ! si l'on pouvait écarter tous les surveillants !

FIGARO. C'est à quoi je rêvais.

LE COMTE. Pour douze heures seulement !

FIGARO. En occupant les gens de leur propre intérêt, on les empêche de nuire à l'intérêt d'autrui.

LE COMTE. Sans doute. Eh bien ?

FIGARO, *rêvant*. Je cherche dans ma tête si la pharmacie ne fournirait pas quelques petits moyens innocents...

LE COMTE. Scélérat !

FIGARO. Est-ce que je veux leur nuire ? Ils ont tous besoin de mon ministère. Il ne s'agit que de les traiter ensemble.

LE COMTE. Mais ce médecin peut prendre un soupçon.

FIGARO. Il faut marcher si vite, que le soupçon n'ait pas le temps de naître. Il me vient une idée : le régiment de Royal-Infant arrive en cette ville.

LE COMTE. Le colonel est de mes amis.

FIGARO. Bon. Présentez-vous chez le docteur en habit de cavalier, avec un billet de logement ; il faudra bien qu'il vous héberge ; et moi, je me charge du reste.

LE COMTE. Excellent !

FIGARO. Il ne serait même pas mal que vous eussiez l'air entre deux vins...

LE COMTE. A quoi bon ?

FIGARO. Et le mener un peu lestement sous cette apparence déraisonnable.

LE COMTE. A quoi bon ?

FIGARO. Pour qu'il ne prenne aucun ombrage, et vous croie plus pressé de dormir que d'intriguer chez lui.

LE COMTE. Supérieurement vu ! Mais que n'y vas-tu, toi ?

FIGARO. Ah ! oui, moi ! Nous serons bien heureux s'il ne vous reconnaît pas, vous qu'il n'a jamais vu. Et comment vous introduire après ?

LE COMTE. Tu as raison.

FIGARO. C'est que vous ne pourrez peut-être pas soutenir ce personnage difficile. Cavalier... pris de vin...

LE COMTE. Tu te moques de moi. (*Prenant un ton ivre.*) N'est-ce point ici la maison du docteur Bartholo, mon ami ?

FIGARO. Pas mal, en vérité ; vos jambes seulement un peu plus avinées. (*D'un ton plus ivre.*) N'est-ce pas ici la maison... ?

LE COMTE. Fi donc ! tu as l'ivresse du peuple.

FIGARO. C'est la bonne ; c'est celle du plaisir.

LE COMTE. La porte s'ouvre.

FIGARO. C'est notre homme : éloignons-nous jusqu'à ce qu'il soit parti.

## Scène 5

LE COMTE *et* FIGARO, *cachés* ;
BARTHOLO

BARTHOLO *sort en parlant à la maison*. Je reviens à l'instant ; qu'on ne laisse entrer personne. Quelle sottise à moi d'être descendu ! Dès qu'elle m'en priait, je devais bien m'en douter... Et Bazile qui ne vient pas! Il devait tout arranger pour que mon mariage se fît secrètement demain: et point de nouvelles! Allons voir ce qui peut l'arrêter.

## Scène 6

LE COMTE, FIGARO

LE COMTE. Qu'ai-je entendu? Demain il épouse Rosine en secret!

FIGARO. Monseigneur, la difficulté de réussir ne fait qu'ajouter à la nécessité d'entreprendre.

LE COMTE. Quel est donc ce Bazile qui se mêle de son mariage?

FIGARO. Un pauvre hère qui montre la musique à sa pupille, infatué de son art, friponneau, besogneux, à genoux devant un écu, et dont il sera facile de venir à bout, Monseigneur... (*Regardant à la jalousie.*) La v'là, la v'là.

LE COMTE. Qui donc?

FIGARO. Derrière sa jalousie, la voilà, la voilà. Ne regardez pas, ne regardez donc pas!

LE COMTE. Pourquoi?

FIGARO. Ne vous écrit-elle pas: *Chantez indifféremment*? c'est-à-dire: chantez comme si vous chantiez... seulement pour chanter. Oh! la v'là, la v'là.

LE COMTE. Puisque j'ai commencé à l'intéresser sans être connu d'elle, ne quittons point le nom de Lindor que j'ai pris: mon triomphe en aura plus de charmes. (*Il déploie le papier que Rosine a jeté.*) Mais comment chanter sur cette musique? Je ne sais pas faire de vers, moi.

FIGARO. Tout ce qui vous viendra, Monseigneur, est excellent: en amour, le cœur n'est pas difficile sur les productions de l'esprit... Et prenez ma guitare.

LE COMTE. Que veux-tu que j'en fasse? j'en joue si mal!

FIGARO. Est-ce qu'un homme comme vous ignore quelque chose? Avec le dos de la main; from, from, from... Chanter sans guitare à Séville! vous seriez bientôt reconnu, ma foi, bientôt dépisté.

*Figaro se colle au mur, sous le balcon.*

LE COMTE *chante en se promenant, et s'accompagnant sur sa guitare.*

PREMIER COUPLET

Vous l'ordonnez, je me ferai connaître,
Plus inconnu, j'osais vous adorer;
En me nommant, que pourrais-je espérer?
N'importe, il faut obéir à son maître.

FIGARO, *bas*. Fort bien, parbleu! Courage, Monseigneur!

LE COMTE.

DEUXIÈME COUPLET

Je suis Lindor, ma naissance est commune;
Mes vœux sont ceux d'un simple bachelier;
Que n'ai-je, hélas! d'un brillant chevalier
A vous offrir le rang et la fortune!

FIGARO. Et comment, diable! Je ne ferais pas mieux, moi qui m'en pique.

LE COMTE.

TROISIÈME COUPLET

Tous les matins, ici, d'une voix tendre,
Je chanterai mon amour sans espoir;
Je bornerai mes plaisirs à vous voir;
Et puissiez-vous en trouver à m'entendre!

FIGARO. Oh! ma foi, pour celui-ci!...

*Il s'approche et baise le bas de l'habit de son maître.*

LE COMTE. Figaro?

FIGARO. Excellence?

LE COMTE. Crois-tu que l'on m'ait entendu?

ROSINE, *en dedans, chante.*

(Air du *Maître en droit*)
Tout me dit que Lindor est charmant,
Que je dois l'aimer constamment...

*On entend une croisée qui se ferme avec bruit.*

FIGARO. Croyez-vous qu'on vous ait entendu, cette fois?

LE COMTE. Elle a fermé sa fenêtre ; quelqu'un apparemment est entré chez elle.

FIGARO. Ah ! la pauvre petite ! comme elle tremble en chantant ! Elle est prise, Monseigneur.

LE COMTE. Elle se sert du moyen qu'elle-même a indiqué. *Tout me dit que Lindor est charmant*. Que de grâces ! que d'esprit !

FIGARO. Que de ruse ! que d'amour !

LE COMTE. Crois-tu qu'elle se donne à moi, Figaro ?

FIGARO. Elle passera plutôt à travers cette jalousie que d'y manquer.

LE COMTE. C'en est fait, je suis à ma Rosine... pour la vie.

FIGARO. Vous oubliez, Monseigneur, qu'elle ne vous entend plus.

LE COMTE. Monsieur Figaro ! je n'ai qu'un mot à vous dire : elle sera ma femme ; et si vous servez bien mon projet en lui cachant mon nom... Tu m'entends, tu me connais...

FIGARO. Je me rends. Allons, Figaro, vole à la fortune, mon fils.

LE COMTE. Retirons-nous, crainte de nous rendre suspects.

FIGARO, *vivement*. Moi, j'entre ici, où, par la force de mon art, je vais, d'un seul coup de baguette, endormir la vigilance, éveiller l'amour, égarer la jalousie, fourvoyer l'intrigue, et renverser tous les obstacles. Vous, Monseigneur, chez moi, l'habit de soldat, le billet de logement, et de l'or dans vos poches.

LE COMTE. Pour qui, de l'or ?

FIGARO, *vivement*. De l'or, mon Dieu, de l'or : c'est le nerf de l'intrigue.

LE COMTE. Ne te fâche pas, Figaro, j'en prendrai beaucoup.

FIGARO, *s'en allant*. Je vous rejoins dans peu.

LE COMTE. Figaro ?

FIGARO. Qu'est-ce que c'est ?

LE COMTE. Et ta guitare ?

FIGARO *revient*. J'oublie ma guitare, moi ! je suis donc fou !

*Il s'en va.*

LE COMTE. Et ta demeure, étourdi ?

FIGARO *revient*. Ah ! réellement, je suis frappé ! — Ma boutique à quatre pas d'ici, peinte en bleu, vitrage en plomb, trois palettes en l'air, l'œil dans la main : *consilio manuque*, FIGARO.

*Il s'enfuit.*

# Acte II

*Le théâtre représente l'appartement de Rosine. La croisée dans le fond du théâtre est fermée par une jalousie grillée.*

## Scène 1

ROSINE *seule, un bougeoir à la main. Elle prend du papier sur la table et se met à écrire.*

Marceline est malade ; tous les gens sont occupés ; et personne ne me voit écrire. Je ne sais si ces murs ont des yeux et des oreilles, ou si mon argus a un génie malfaisant qui l'instruit à point nommé ; mais je ne puis dire un mot ni faire un pas, dont il ne devine sur-le-champ l'intention... Ah ! Lindor ! (*Elle cachette la lettre.*) Fermons toujours ma lettre, quoique j'ignore quand et comment je pourrai la lui faire tenir. Je l'ai vu à travers ma jalousie parler longtemps au barbier Figaro. C'est un bonhomme qui m'a montré quelquefois de la pitié : si je pouvais l'entretenir un moment !

## Scène 2

ROSINE, FIGARO

ROSINE, *surprise*. Ah ! monsieur Figaro, que je suis aise de vous voir !

FIGARO. Votre santé, Madame ?

ROSINE. Pas trop bonne, monsieur Figaro. L'ennui me tue.

FIGARO. Je le crois ; il n'engraisse que les sots.

ROSINE. Avec qui parliez-vous donc là-bas si vivement? Je n'entendais pas: mais...

FIGARO. Avec un jeune bachelier de mes parents, de la plus grande espérance; plein d'esprit, de sentiments, de talents, et d'une figure fort revenante.

ROSINE. Oh! tout à fait bien, je vous assure! Il se nomme?...

FIGARO. Lindor. Il n'a rien: mais s'il n'eût pas quitté brusquement Madrid, il pouvait y trouver quelque bonne place.

ROSINE, *étourdiment*. Il en trouvera, monsieur Figaro; il en trouvera. Un jeune homme tel que vous le dépeignez n'est pas fait pour rester inconnu.

FIGARO, *à part*. Fort bien. (*Haut*.) Mais il a un grand défaut, qui nuira toujours à son avancement.

ROSINE. Un défaut, monsieur Figaro! Un défaut! en êtes-vous bien sûr?

FIGARO. Il est amoureux.

ROSINE. Il est amoureux! et vous appelez cela un défaut?

FIGARO. A la vérité, ce n'en est un que relativement à sa mauvaise fortune.

ROSINE. Ah! que le sort est injuste! Et nomme-t-il la personne qu'il aime? Je suis d'une curiosité...

FIGARO. Vous êtes la dernière, Madame, à qui je voudrais faire une confidence de cette nature.

ROSINE, *vivement*. Pourquoi, monsieur Figaro? Je suis discrète. Ce jeune homme vous appartient, il m'intéresse infiniment..., dites donc.

FIGARO, *la regardant finement*. Figurez-vous la plus jolie petite mignonne, douce, tendre, accorte et fraîche, agaçant l'appétit; pied furtif, taille adroite, élancée, bras dodus, bouche rosée, et des mains! des joues! des dents! des yeux!...

ROSINE. Qui reste en cette ville?

FIGARO. En ce quartier.

ROSINE. Dans cette rue peut-être?

FIGARO. A deux pas de moi.

ROSINE. Ah! que c'est charmant... pour monsieur votre parent. Et cette personne est...?

FIGARO. Je ne l'ai pas nommée?

ROSINE, *vivement*. C'est la seule chose que vous ayez oubliée, monsieur Figaro. Dites donc, dites donc vite ; si l'on rentrait, je ne pourrais plus savoir...

FIGARO. Vous le voulez absolument, Madame ? Eh bien ! cette personne est... la pupille de votre tuteur.

ROSINE. La pupille... ?

FIGARO. Du docteur Bartholo ; oui, Madame.

ROSINE, *avec émotion.* Ah ! monsieur Figaro !... Je ne vous crois pas, je vous assure.

FIGARO. Et c'est ce qu'il brûle de venir vous persuader lui-même.

ROSINE. Vous me faites trembler, monsieur Figaro.

FIGARO. Fi donc, trembler ! mauvais calcul, Madame. Quand on cède à la peur du mal, on ressent déjà le mal de la peur. D'ailleurs, je viens de vous débarrasser de tous vos surveillants jusqu'à demain.

ROSINE. S'il m'aime, il doit me le prouver en restant absolument tranquille.

FIGARO. Eh ! Madame ! amour et repos peuvent-ils habiter en même cœur ? La pauvre jeunesse est si malheureuse aujourd'hui, qu'elle n'a que ce terrible choix : amour sans repos, ou repos sans amour.

ROSINE, *baissant les yeux.* Repos sans amour... paraît...

FIGARO. Ah ! bien languissant. Il semble, en effet, qu'amour sans repos se présente de meilleure grâce : et pour moi, si j'étais femme...

ROSINE, *avec embarras.* Il est certain qu'une jeune personne ne peut empêcher un honnête homme de l'estimer.

FIGARO. Aussi mon parent vous estime-t-il infiniment.

ROSINE. Mais s'il allait faire quelque imprudence, monsieur Figaro, il nous perdrait.

FIGARO, *à part.* Il nous perdrait ! (*Haut.*) Si vous le lui défendiez expressément par une petite lettre... Une lettre a bien du pouvoir.

ROSINE *lui donne la lettre qu'elle vient d'écrire.* Je n'ai pas le temps de recommencer celle-ci ; mais en la lui donnant, dites-lui... dites-lui bien...

*Elle écoute.*

FIGARO. Personne, Madame.

ROSINE. Que c'est par pure amitié, tout ce que je fais.

FIGARO. Cela parle de soi. Tudieu! l'amour a bien une autre allure!

ROSINE. Que par pure amitié, entendez-vous? Je crains seulement que, rebuté par les difficultés...

FIGARO. Oui, quelque feu follet. Souvenez-vous, Madame, que le vent qui éteint une lumière allume un brasier, et que nous sommes ce brasier-là. D'en parler seulement, il exhale un tel feu qu'il m'a presque enfiévré de sa passion, moi qui n'y ai que voir!

ROSINE. Dieux! j'entends mon tuteur. S'il vous trouvait ici... Passez par le cabinet du clavecin, et descendez le plus doucement que vous pourrez.

FIGARO. Soyez tranquille. (*A part, montrant la lettre.*) Voici qui vaut mieux que toutes mes observations.

*Il entre dans le cabinet.*

## Scène 3

ROSINE, *seule*

Je meurs d'inquiétude jusqu'à ce qu'il soit dehors... Que je l'aime, ce bon Figaro! c'est un bien honnête homme, un bon parent! Ah! voilà mon tyran; reprenons mon ouvrage.

*Elle souffle la bougie, s'assied, et prend une broderie au tambour.*

## Scène 4

BARTHOLO, ROSINE

BARTHOLO, *en colère.* Ah! malédiction! l'enragé, le scélérat corsaire de Figaro! Là, peut-on sortir un moment de chez soi sans être sûr en rentrant...?

ROSINE. Qui vous met donc si fort en colère, Monsieur?

BARTHOLO. Ce damné barbier qui vient d'écloper toute ma maison en un tour de main: il donne un narcotique à

L'Éveillé, un sternutatoire à La Jeunesse; il saigne au pied Marceline; il n'y a pas jusqu'à ma mule... Sur les yeux d'une pauvre bête aveugle, un cataplasme! Parce qu'il me doit cent écus; il se presse de faire des mémoires. Ah! qu'il les apporte!... Et personne à l'antichambre! On arrive à cet appartement comme à la place d'armes.

ROSINE. Et qui peut y pénétrer que vous, Monsieur?

BARTHOLO. J'aime mieux craindre sans sujet que de m'exposer sans précaution. Tout est plein de gens entreprenants, d'audacieux... N'a-t-on pas, ce matin encore, ramassé lestement votre chanson pendant que j'allais la chercher? Oh! je...

ROSINE. C'est bien mettre à plaisir de l'importance à tout! Le vent peut avoir éloigné ce papier, le premier venu, que sais-je?

BARTHOLO. Le vent, le premier venu!... Il n'y a point de vent, Madame, point de premier venu dans le monde! et c'est toujours quelqu'un posté là exprès qui ramasse les papiers qu'une femme a l'air de laisser tomber par mégarde.

ROSINE. A l'air, Monsieur?

BARTHOLO. Oui, Madame, a l'air.

ROSINE, *à part*. Oh! le méchant vieillard!

BARTHOLO. Mais tout cela n'arrivera plus; car je vais faire sceller cette grille.

ROSINE. Faites mieux; murez les fenêtres tout d'un coup: d'une prison à un cachot, la différence est si peu de chose!

BARTHOLO. Pour celles qui donnent sur la rue, ce ne serait peut-être pas si mal... Ce barbier n'est pas entré chez vous, au moins?

ROSINE. Vous donne-t-il aussi de l'inquiétude?

BARTHOLO. Tout comme un autre.

ROSINE. Que vos répliques sont honnêtes!

BARTHOLO. Ah! fiez-vous à tout le monde, et vous aurez bientôt à la maison une bonne femme pour vous tromper, de bons amis pour vous la souffler, et de bons valets pour les y aider.

ROSINE. Quoi! vous n'accordez pas même qu'on ait des principes contre la séduction de monsieur Figaro?

BARTHOLO. Qui diable entend quelque chose à la bizarrerie

des femmes, et combien j'en ai vu de ces vertus à principes... !

ROSINE, *en colère*. Mais, Monsieur, s'il suffit d'être homme pour nous plaire, pourquoi donc me déplaisez-vous si fort ?

BARTHOLO, *stupéfait*. Pourquoi ?... pourquoi ?... Vous ne répondez pas à ma question sur ce barbier.

ROSINE, *outrée*. Eh bien oui, cet homme est entré chez moi ; je l'ai vu, je lui ai parlé. Je ne vous cache pas même que je l'ai trouvé fort aimable : et puissiez-vous en mourir de dépit !

*Elle sort.*

## Scène 5

BARTHOLO, *seul*

Oh ! les juifs, les chiens de valets ! La Jeunesse ! L'Éveillé ! L'Éveillé maudit !

## Scène 6

BARTHOLO, L'ÉVEILLÉ

L'ÉVEILLÉ *arrive en bâillant, tout endormi*. Aah, aah, ah, ah...

BARTHOLO. Où étais-tu, peste d'étourdi, quand ce barbier est entré ici ?

L'ÉVEILLÉ. Monsieur, j'étais... ah, aah, ah...

BARTHOLO. A machiner quelque espièglerie, sans doute ? Et tu ne l'as pas vu ?

L'ÉVEILLÉ. Sûrement je l'ai vu, puisqu'il m'a trouvé tout malade, à ce qu'il dit ; et faut bien que ça soit vrai, car j'ai commencé à me douloir dans tous les membres, rien qu'en l'en-entendant parl... Ah, ah, aah...

BARTHOLO *le contrefait*. Rien qu'en l'en-entendant !... Où donc est ce vaurien de La Jeunesse ? Droguer ce petit garçon sans mon ordonnance ! Il y a quelque friponnerie là-dessous.

## Scène 7

LES ACTEURS PRÉCÉDENTS, LA JEUNESSE

*La Jeunesse arrive en vieillard avec une canne en béquille ; il éternue plusieurs fois.*

L'ÉVEILLÉ, *toujours bâillant*. La Jeunesse ?

BARTHOLO. Tu éternueras dimanche.

LA JEUNESSE. Voilà plus de cinquante... cinquante fois... dans un moment ! (*Il éternue.*) Je suis brisé.

BARTHOLO. Comment ! Je vous demande à tous deux s'il est entré quelqu'un chez Rosine, et vous ne me dites pas que ce barbier...

L'ÉVEILLÉ, *continuant de bâiller*. Est-ce que c'est quelqu'un donc, monsieur Figaro ? Aah, ah...

BARTHOLO. Je parie que le rusé s'entend avec lui.

L'ÉVEILLÉ, *pleurant comme un sot*. Moi... Je m'entends !...

LA JEUNESSE, *éternuant*. Eh mais, Monsieur, y a-t-il... y a-t-il de la justice ?...

BARTHOLO. De la justice ! C'est bon entre vous autres misérables, la justice ! Je suis votre maître, moi, pour avoir toujours raison.

LA JEUNESSE, *éternuant*. Mais, pardi, quand une chose est vraie...

BARTHOLO. Quand une chose est vraie ! Si je ne veux pas qu'elle soit vraie, je prétends bien qu'elle ne soit pas vraie. Il n'y aurait qu'à permettre à tous ces faquins-là d'avoir raison, vous verriez bientôt ce que deviendrait l'autorité.

LA JEUNESSE, *éternuant*. J'aime autant recevoir mon congé. Un service terrible, et toujours un train d'enfer !

L'ÉVEILLÉ, *pleurant*. Un pauvre homme de bien est traité comme un misérable.

BARTHOLO. Sors donc, pauvre homme de bien ! (*Il les contrefait.*) Et t'chi et t'cha ; l'un m'éternue au nez, l'autre m'y bâille.

LA JEUNESSE. Ah, Monsieur, je vous jure que, sans Mademoiselle, il n'y aurait... il n'y aurait pas moyen de rester dans la maison.

*Il sort en éternuant.*

BARTHOLO. Dans quel état ce Figaro les a mis tous ! Je vois ce que c'est : le maraud voudrait me payer mes cent écus sans bourse délier...

## Scène 8

BARTHOLO, DON BAZILE ; FIGARO, *caché dans le cabinet, paraît de temps en temps, et les écoute.*

BARTHOLO *continue.* Ah ! don Bazile, vous veniez donner à Rosine sa leçon de musique ?

BAZILE. C'est ce qui presse le moins.

BARTHOLO. J'ai passé chez vous sans vous trouver.

BAZILE. J'étais sorti pour vos affaires. Apprenez une nouvelle assez fâcheuse.

BARTHOLO. Pour vous ?

BAZILE. Non, pour vous. Le comte Almaviva est en cette ville.

BARTHOLO. Parlez bas. Celui qui faisait chercher Rosine dans tout Madrid ?

BAZILE. Il loge à la grande place, et sort tous les jours déguisé.

BARTHOLO. Il n'en faut point douter, cela me regarde. Et que faire ?

BAZILE. Si c'était un particulier, on viendrait à bout de l'écarter.

BARTHOLO. Oui, en s'embusquant le soir, armé, cuirassé...

BAZILE. *Bone Deus !* se compromettre ! Susciter une méchante affaire, à la bonne heure ; et pendant la fermentation, calomnier à dire d'experts ; *concedo.*

BARTHOLO. Singulier moyen de se défaire d'un homme !

BAZILE. La calomnie, Monsieur ! Vous ne savez guère ce que vous dédaignez ; j'ai vu les plus honnêtes gens près d'en être accablés. Croyez qu'il n'y a pas de plate méchanceté, pas d'horreurs, pas de conte absurde, qu'on ne fasse adopter aux oisifs d'une grande ville en s'y prenant bien : et nous avons ici des gens d'une adresse !... D'abord un bruit léger, rasant le sol comme hirondelle avant l'orage, *pianissimo* murmure et file, et sème en courant le trait empoisonné. Telle bouche le recueille, et *piano, piano,* vous le glisse en l'oreille adroitement. Le mal est fait ; il germe, il rampe, il chemine, et *rinforzando* de bouche en bouche il va le diable ; puis tout à coup, ne sais comment, vous voyez calomnie se dresser, siffler, s'enfler, grandir à vue d'œil. Elle s'élance, étend son vol, tourbillonne, enveloppe, arrache, entraîne, éclate et tonne, et devient, grâce au Ciel, un cri général, un *crescendo* public, un *chorus* universel de haine et de proscription. Qui diable y résisterait ?

BARTHOLO. Mais quel radotage me faites-vous donc là, Bazile ? Et quel rapport ce *piano-crescendo* peut-il avoir à ma situation ?

BAZILE. Comment, quel rapport ? Ce qu'on fait partout pour écarter son ennemi, il faut le faire ici pour empêcher le vôtre d'approcher.

BARTHOLO. D'approcher ? Je prétends bien épouser Rosine avant qu'elle apprenne seulement que ce comte existe.

BAZILE. En ce cas, vous n'avez pas un instant à perdre.

BARTHOLO. Et à qui tient-il, Bazile ? Je vous ai chargé de tous les détails de cette affaire.

BAZILE. Oui, mais vous avez lésiné sur les frais, et dans l'harmonie du bon ordre, un mariage inégal, un jugement inique, un passe-droit évident, sont des dissonances qu'on doit toujours préparer et sauver par l'accord parfait de l'or.

BARTHOLO, *lui donnant de l'argent.* Il faut en passer par où vous voulez ; mais finissons.

BAZILE. Cela s'appelle parler. Demain, tout sera terminé : c'est à vous d'empêcher que personne, aujourd'hui, ne puisse instruire la pupille.

BARTHOLO. Fiez-vous-en à moi. Viendrez-vous ce soir, Bazile ?

BAZILE. N'y comptez pas. Votre mariage seul m'occupera toute la journée ; n'y comptez pas.

BARTHOLO *l'accompagne.* Serviteur.

BAZILE. Restez, docteur, restez donc.

BARTHOLO. Non pas. Je veux fermer sur vous la porte de la rue.

## Scène 9

FIGARO, *seul, sortant du cabinet*

Oh ! la bonne précaution ! Ferme, ferme la porte de la rue ; et moi je vais la rouvrir au comte en sortant. C'est un grand maraud que ce Bazile ! heureusement il est encore plus sot. Il faut un état, une famille, un nom, un rang, de la consistance enfin, pour faire sensation dans le monde en calomniant. Mais un Bazile ! il médirait, qu'on ne le croirait pas.

## Scène 10

ROSINE, *accourant* ; FIGARO

ROSINE. Quoi ! vous êtes encore là, monsieur Figaro ?

FIGARO. Très heureusement pour vous, Mademoiselle. Votre tuteur et votre maître à chanter, se croyant seuls ici, viennent de parler à cœur ouvert...

ROSINE. Et vous les avez écoutés, monsieur Figaro ? Mais savez-vous que c'est fort mal !

FIGARO. D'écouter ? C'est pourtant tout ce qu'il y a de mieux pour bien entendre. Apprenez que votre tuteur se dispose à vous épouser demain.

ROSINE. Ah ! grands dieux !

FIGARO. Ne craignez rien ; nous lui donnerons tant d'ouvrage, qu'il n'aura pas le temps de songer à celui-là.

ROSINE. Le voici qui revient : sortez donc par le petit escalier. Vous me faites mourir de frayeur.

*Figaro s'enfuit.*

## Scène 11

BARTHOLO, ROSINE

ROSINE. Vous étiez ici avec quelqu'un, Monsieur ?

BARTHOLO. Don Bazile que j'ai reconduit, et pour cause. Vous eussiez mieux aimé que c'eût été monsieur Figaro ?

ROSINE. Cela m'est fort égal, je vous assure.

BARTHOLO. Je voudrais bien savoir ce que ce barbier avait de si pressé à vous dire ?

ROSINE. Faut-il parler sérieusement ? Il m'a rendu compte de l'état de Marceline, qui même n'est pas trop bien, à ce qu'il dit.

BARTHOLO. Vous rendre compte ! Je vais parier qu'il était chargé de vous remettre quelque lettre.

ROSINE. Et de qui, s'il vous plaît ?

BARTHOLO. Oh ! de qui ! De quelqu'un que les femmes ne nomment jamais. Que sais-je, moi ? Peut-être la réponse au papier de la fenêtre.

ROSINE, *à part*. Il n'en a pas manqué une seule. (*Haut*.) Vous mériteriez bien que cela fût.

BARTHOLO *regarde les mains de Rosine*. Cela est. Vous avez écrit.

ROSINE, *avec embarras*. Il serait assez plaisant que vous eussiez le projet de m'en faire convenir.

BARTHOLO, *lui prenant la main droite*. Moi ! point du tout ; mais votre doigt encore taché d'encre ! Hein ? rusée signora !

ROSINE, *à part*. Maudit homme !

BARTHOLO, *lui tenant toujours la main*. Une femme se croit bien en sûreté, parce qu'elle est seule.

ROSINE. Ah ! sans doute... La belle preuve !... Finissez donc, Monsieur, vous me tordez le bras. Je me suis brûlée en chiffonnant autour de cette bougie ; et l'on m'a toujours dit qu'il fallait aussitôt tremper dans l'encre : c'est ce que j'ai fait.

BARTHOLO. C'est ce que vous avez fait ? Voyons donc si un

second témoin confirmera la déposition du premier. C'est ce cahier de papier où je suis certain qu'il y avait six feuilles; car je les compte tous les matins, aujourd'hui encore.

ROSINE, *à part*. Oh! imbécile!...

BARTHOLO, *comptant*. Trois, quatre, cinq...

ROSINE. La sixième...

BARTHOLO. Je vois bien qu'elle n'y est pas, la sixième.

ROSINE, *baissant les yeux*. La sixième? Je l'ai employée à faire un cornet pour des bonbons que j'ai envoyés à la petite Figaro.

BARTHOLO. A la petite Figaro? Et la plume qui était toute neuve, comment est-elle devenue noire? Est-ce en écrivant l'adresse de la petite Figaro?

ROSINE, *à part*. Cet homme a un instinct de jalousie!... (*Haut*.) Elle m'a servi à retracer une fleur effacée sur la veste que je vous brode au tambour.

BARTHOLO. Que cela est édifiant! Pour qu'on vous crût, mon enfant, il faudrait ne pas rougir en déguisant coup sur coup la vérité; mais c'est ce que vous ne savez pas encore.

ROSINE. Eh! qui ne rougirait pas, Monsieur, de voir tirer des conséquences aussi malignes des choses le plus innocemment faites?

BARTHOLO. Certes, j'ai tort. Se brûler le doigt, le tremper dans l'encre, faire des cornets aux bonbons pour la petite Figaro, et dessiner ma veste au tambour! quoi de plus innocent? Mais que de mensonges entassés pour cacher un seul fait!... *Je suis seule, on ne me voit point; je pourrai mentir à mon aise*. Mais le bout du doigt reste noir, la plume est tachée, le papier manque! On ne saurait penser à tout. Bien certainement, signora, quand j'irai par la ville, un bon double tour me répondra de vous.

## Scène 12

LE COMTE, BARTHOLO, ROSINE

LE COMTE, *en uniforme de cavalier, ayant l'air d'être entre deux vins, et chantant : « Réveillons-la, etc. »*

BARTHOLO. Mais que nous veut cet homme ? Un soldat ! Rentrez chez vous, signora.

LE COMTE *chante « Réveillons-la », et s'avance vers Rosine.* Qui de vous deux, Mesdames, se nomme le docteur Balordo ? (*A Rosine, bas.*) Je suis Lindor.

BARTHOLO. Bartholo !

ROSINE, *à part.* Il parle de Lindor.

LE COMTE. Balordo, Barque à l'eau ; je m'en moque comme de ça. Il s'agit seulement de savoir laquelle des deux… (*A Rosine, lui montrant un papier.*) Prenez cette lettre.

BARTHOLO. Laquelle ! Vous voyez bien que c'est moi ! Laquelle ! Rentrez donc, Rosine ; cet homme paraît avoir bu du vin.

ROSINE. C'est pour cela, Monsieur ; vous êtes seul. Une femme en impose quelquefois.

BARTHOLO. Rentrez, rentrez ; je ne suis pas timide.

## Scène 13

LE COMTE, BARTHOLO

LE COMTE. Oh ! Je vous ai reconnu d'abord à votre signalement.

BARTHOLO, *au comte, qui serre la lettre.* Qu'est-ce que c'est donc, que vous cachez là dans votre poche ?

LE COMTE. Je le cache dans ma poche, pour que vous ne sachiez pas ce que c'est.

BARTHOLO. Mon signalement ! Ces gens-là croient toujours parler à des soldats.

LE COMTE. Pensez-vous que ce soit une chose si difficile à faire que votre signalement ?

(AIR : *Ici sont venus en personne*)
Le chef branlant, la tête chauve,
Les yeux vérons, le regard fauve,
L'air farouche d'un Algonquin,
La taille lourde et déjetée,
L'épaule droite surmontée,
Le teint grenu d'un Maroquin,
Le nez fait comme un baldaquin,
La jambe pote et circonflexe,
Le ton bourru, la voix perplexe,
Tous les appétits destructeurs ;
Enfin la perle des docteurs.

BARTHOLO. Qu'est-ce que cela veut dire ? Êtes-vous ici pour m'insulter ? Délogez à l'instant.

LE COMTE. Déloger ! Ah, fi ! que c'est mal parler ! Savez-vous lire, docteur... Barbe à l'eau ?

BARTHOLO. Autre question saugrenue.

LE COMTE. Oh ! que cela ne vous fasse pas de peine ; car, moi qui suis pour le moins aussi docteur que vous...

BARTHOLO. Comment cela ?

LE COMTE. Est-ce que je ne suis pas le médecin des chevaux du régiment ? Voilà pourquoi l'on m'a exprès logé chez un confrère.

BARTHOLO. Oser comparer un maréchal !...

LE COMTE.

(AIR : *Vive le vin*)
*Sans chanter.*
Non, docteur, je ne prétends pas
Que notre art obtienne le pas
Sur Hippocrate et sa brigade.

*En chantant.*
Votre savoir, mon camarade,
Est d'un succès plus général ;
Car s'il n'emporte point le mal,
Il emporte au moins le malade.

C'est-il poli ce que je vous dis là ?

BARTHOLO. Il vous sied bien, manipuleur ignorant, de ravaler ainsi le premier, le plus grand et le plus utile des arts !

LE COMTE. Utile tout à fait, pour ceux qui l'exercent.

BARTHOLO. Un art dont le soleil s'honore d'éclairer les succès !

LE COMTE. Et dont la terre s'empresse de couvrir les bévues.

BARTHOLO. On voit bien, malappris, que vous n'êtes habitué de parler qu'à des chevaux.

LE COMTE. Parler à des chevaux ! Ah, docteur ! pour un docteur d'esprit... N'est-il pas de notoriété que le maréchal guérit toujours ses malades sans leur parler ; au lieu que le médecin parle beaucoup aux siens...

BARTHOLO. Sans les guérir, n'est-ce pas ?

LE COMTE. C'est vous qui l'avez dit.

BARTHOLO. Qui diable envoie ici ce maudit ivrogne ?

LE COMTE. Je crois que vous me lâchez des épigrammes, l'Amour !

BARTHOLO. Enfin, que voulez-vous, que demandez-vous ?

LE COMTE, *feignant une grande colère*. Eh bien donc, il s'enflamme ! Ce que je veux ? Est-ce que vous ne le voyez pas ?

## Scène 14

ROSINE, LE COMTE, BARTHOLO

ROSINE, *accourant*. Monsieur le soldat, ne vous emportez point, de grâce ! (*A Bartholo*.) Parlez-lui doucement, Monsieur ; un homme qui déraisonne...

LE COMTE. Vous avez raison ; il déraisonne, lui ; mais nous sommes raisonnables, nous ! Moi poli, et vous jolie... enfin suffit. La vérité, c'est que je ne veux avoir affaire qu'à vous dans la maison.

ROSINE. Que puis-je pour votre service, monsieur le soldat ?

LE COMTE. Une petite bagatelle, mon enfant. Mais s'il y a de l'obscurité dans mes phrases...

ROSINE. J'en saisirai l'esprit.

LE COMTE, *lui montrant la lettre*. Non, attachez-vous à la

lettre, à la lettre. Il s'agit seulement... mais je dis en tout bien tout honneur, que vous me donniez à coucher ce soir.

BARTHOLO. Rien que cela?

LE COMTE. Pas davantage. Lisez le billet doux que notre maréchal des logis vous écrit.

BARTHOLO. Voyons. (*Le comte cache la lettre, et lui donne un autre papier. Bartholo lit.*) «Le docteur Bartholo recevra, nourrira, hébergera, couchera...»

LE COMTE, *appuyant*. Couchera.

BARTHOLO. «Pour une nuit seulement, le nommé Lindor dit l'Écolier, cavalier du régiment...»

ROSINE. C'est lui, c'est lui-même.

BARTHOLO, *vivement, à Rosine*. Qu'est-ce qu'il y a?

LE COMTE. Eh bien, ai-je tort à présent, docteur Barbaro?

BARTHOLO. On dirait que cet homme se fait un malin plaisir de m'estropier de toutes les manières possibles. Allez au diable, Barbaro, Barbe à l'eau! et dites à votre impertinent maréchal des logis que, depuis mon voyage à Madrid, je suis exempt de loger des gens de guerre.

LE COMTE, *à part*. Ô Ciel! fâcheux contretemps!

BARTHOLO. Ah, ah, notre ami, cela vous contrarie et vous dégrise un peu! Mais n'en décampez pas moins à l'instant.

LE COMTE, *à part*. J'ai pensé me trahir. (*Haut.*) Décamper! Si vous êtes exempt de gens de guerre, vous n'êtes pas exempt de politesse, peut-être? Décamper! montrez-moi votre brevet d'exemption; quoique je ne sache pas lire, je verrai bientôt...

BARTHOLO. Qu'à cela ne tienne. Il est dans ce bureau.

LE COMTE, *pendant qu'il y va, dit, sans quitter sa place*. Ah! ma belle Rosine!

ROSINE. Quoi! Lindor, c'est vous?

LE COMTE. Recevez au moins cette lettre.

ROSINE. Prenez garde, il a les yeux sur nous.

LE COMTE. Tirez votre mouchoir, je la laisserai tomber.

*Il s'approche.*

BARTHOLO. Doucement, doucement, seigneur soldat; je n'aime point qu'on regarde ma femme de si près.

LE COMTE. Elle est votre femme?

BARTHOLO. Eh quoi donc ?

LE COMTE. Je vous ai pris pour son bisaïeul paternel, maternel, sempiternel : il y a au moins trois générations entre elle et vous.

BARTHOLO *lit un parchemin.* « Sur les bons et fidèles témoignages qui nous ont été rendus... »

LE COMTE *donne un coup de main sous les parchemins, qui les envoie au plancher.* Est-ce que j'ai besoin de tout ce verbiage ?

BARTHOLO. Savez-vous bien, soldat, que si j'appelle mes gens, je vous fais traiter sur-le-champ comme vous le méritez ?

LE COMTE. Bataille ? Ah, volontiers, bataille ! c'est mon métier à moi (*montrant son pistolet de ceinture*), et voici de quoi leur jeter de la poudre aux yeux. Vous n'avez peut-être jamais vu de bataille, Madame ?

ROSINE. Ni ne veux en voir.

LE COMTE. Rien n'est pourtant aussi gai que bataille. Figurez-vous (*poussant le docteur*) d'abord que l'ennemi est d'un côté du ravin, et les amis de l'autre. (*A Rosine, en lui montrant la lettre.*) Sortez le mouchoir. (*Il crache à terre.*) Voilà le ravin, cela s'entend.

*Rosine tire son mouchoir, le comte laisse tomber sa lettre entre elle et lui.*

BARTHOLO, *se baissant.* Ah, ah !

LE COMTE *la reprend et dit.* Tenez... moi qui allais vous apprendre ici les secrets de mon métier... Une femme bien discrète, en vérité ! ne voilà-t-il pas un billet doux qu'elle laisse tomber de sa poche ?

BARTHOLO. Donnez, donnez.

LE COMTE. *Dulciter*, papa ! chacun son affaire. Si une ordonnance de rhubarbe était tombée de la vôtre ?

ROSINE *avance la main.* Ah ! je sais ce que c'est, monsieur le soldat.

*Elle prend la lettre, qu'elle cache dans la petite poche de son tablier.*

BARTHOLO. Sortez-vous enfin ?

LE COMTE. Eh bien, je sors. Adieu, docteur ; sans rancune. Un petit compliment, mon cœur : priez la mort de m'oublier encore quelques campagnes ; la vie ne m'a jamais été si chère.

BARTHOLO. Allez toujours. Si j'avais ce crédit-là sur la mort...

LE COMTE. Sur la mort ? N'êtes-vous pas médecin ? Vous faites tant de choses pour elle, qu'elle n'a rien à vous refuser.

*Il sort.*

## Scène 15

BARTHOLO, ROSINE

BARTHOLO *le regarde aller.* Il est enfin parti. (*A part.*) Dissimulons.

ROSINE. Convenez pourtant, Monsieur, qu'il est bien gai, ce jeune soldat ! A travers son ivresse, on voit qu'il ne manque ni d'esprit, ni d'une certaine éducation.

BARTHOLO. Heureux, m'amour, d'avoir pu nous en délivrer ! Mais n'es-tu pas un peu curieuse de lire avec moi le papier qu'il t'a remis ?

ROSINE. Quel papier ?

BARTHOLO. Celui qu'il a feint de ramasser pour te le faire accepter.

ROSINE. Bon ! c'est la lettre de mon cousin l'officier, qui était tombée de ma poche.

BARTHOLO. J'ai idée, moi, qu'il l'a tirée de la sienne.

ROSINE. Je l'ai très bien reconnue.

BARTHOLO. Qu'est-ce qu'il te coûte d'y regarder ?

ROSINE. Je ne sais pas seulement ce que j'en ai fait.

BARTHOLO, *montrant la pochette.* Tu l'as mise là.

ROSINE. Ah, ah, par distraction.

BARTHOLO. Ah ! sûrement. Tu vas voir que ce sera quelque folie.

ROSINE, *à part.* Si je ne le mets pas en colère, il n'y aura pas moyen de refuser.

BARTHOLO. Donne donc, mon cœur.

ROSINE. Mais, quelle idée avez-vous en insistant, Monsieur ? Est-ce encore quelque méfiance ?

BARTHOLO. Mais vous, quelle raison avez-vous de ne pas la montrer ?

ROSINE. Je vous répète, Monsieur, que ce papier n'est autre que la lettre de mon cousin, que vous m'avez rendue hier toute décachetée ; et puisqu'il en est question, je vous dirai tout net que cette liberté me déplaît excessivement.

BARTHOLO. Je ne vous entends pas.

ROSINE. Vais-je examiner les papiers qui vous arrivent ? Pourquoi vous donnez-vous les airs de toucher à ceux qui me sont adressés ? Si c'est jalousie, elle m'insulte ; s'il s'agit de l'abus d'une autorité usurpée, j'en suis plus révoltée encore.

BARTHOLO. Comment, révoltée ! Vous ne m'avez jamais parlé ainsi.

ROSINE. Si je me suis modérée jusqu'à ce jour, ce n'était pas pour vous donner le droit de m'offenser impunément.

BARTHOLO. De quelle offense parlez-vous ?

ROSINE. C'est qu'il est inouï qu'on se permette d'ouvrir les lettres de quelqu'un.

BARTHOLO. De sa femme ?

ROSINE. Je ne la suis pas encore. Mais pourquoi lui donnerait-on la préférence d'une indignité qu'on ne fait à personne ?

BARTHOLO. Vous voulez me faire prendre le change, et détourner mon attention du billet qui, sans doute, est une missive de quelque amant. Mais je le verrai, je vous assure.

ROSINE. Vous ne le verrez pas. Si vous m'approchez, je m'enfuis de cette maison, et je demande retraite au premier venu.

BARTHOLO. Qui ne vous recevra point.

ROSINE. C'est ce qu'il faudra voir.

BARTHOLO. Nous ne sommes pas ici en France, où l'on donne toujours raison aux femmes ; mais, pour vous en ôter la fantaisie, je vais fermer la porte.

ROSINE, *pendant qu'il y va.* Ah, Ciel ! que faire ?... Mettons vite à la place la lettre de mon cousin, et donnons-lui beau jeu de la prendre.

*Elle fait l'échange, et met la lettre du cousin dans sa pochette, de façon qu'elle sorte un peu.*

BARTHOLO, *revenant.* Ah ! j'espère maintenant la voir.

ROSINE. De quel droit, s'il vous plaît ?

BARTHOLO. Du droit le plus universellement reconnu, celui du plus fort.

ROSINE. On me tuera plutôt que de l'obtenir de moi.

BARTHOLO, *frappant du pied.* Madame ! Madame !...

ROSINE *tombe sur un fauteuil, et feint de se trouver mal.* Ah ! quelle indignité !...

BARTHOLO. Donnez cette lettre, ou craignez ma colère.

ROSINE, *renversée.* Malheureuse Rosine !

BARTHOLO. Qu'avez-vous donc ?

ROSINE. Quel avenir affreux !

BARTHOLO. Rosine !

ROSINE. J'étouffe de fureur.

BARTHOLO. Elle se trouve mal.

ROSINE. Je m'affaiblis, je meurs.

BARTHOLO *lui tâte le pouls et dit à part.* Dieux ! la lettre ! Lisons-la sans qu'elle en soit instruite.

*Il continue à lui tâter le pouls, et prend la lettre, qu'il tâche de lire en se tournant un peu.*

ROSINE, *toujours renversée.* Infortunée ! ah !...

BARTHOLO *lui quitte le bras, et dit à part.* Quelle rage a-t-on d'apprendre ce qu'on craint toujours de savoir !

ROSINE. Ah ! pauvre Rosine !

BARTHOLO. L'usage des odeurs... produit ces affections spasmodiques.

*Il lit par-derrière le fauteuil, en lui tâtant le pouls. Rosine se relève un peu, le regarde finement, fait un geste de tête, et se remet sans parler.*

BARTHOLO, *à part.* Ô Ciel ! c'est la lettre de son cousin. Maudite inquiétude ! Comment l'apaiser maintenant ? Qu'elle ignore au moins que je l'ai lue !

*Il fait semblant de la soutenir, et remet la lettre dans la pochette.*

ROSINE *soupire.* Ah !...

BARTHOLO. Eh bien ! ce n'est rien, mon enfant ; un petit mouvement de vapeurs, voilà tout ; car ton pouls n'a seulement pas varié.

*Il va prendre un flacon sur la console.*

ROSINE, *à part*. Il a remis la lettre ! fort bien.

BARTHOLO. Ma chère Rosine, un peu de cette eau spiritueuse ?

ROSINE. Je ne veux rien de vous : laissez-moi.

BARTHOLO. Je conviens que j'ai montré trop de vivacité sur ce billet.

ROSINE. Il s'agit bien du billet ! C'est votre façon de demander les choses qui est révoltante.

BARTHOLO, *à genoux*. Pardon : j'ai bientôt senti tous mes torts ; et tu me vois à tes pieds, prêt à les réparer.

ROSINE. Oui, pardon ! lorsque vous croyez que cette lettre ne vient pas de mon cousin.

BARTHOLO. Qu'elle soit d'un autre ou de lui, je ne veux aucun éclaircissement.

ROSINE, *lui présentant la lettre*. Vous voyez qu'avec de bonnes façons, on obtient tout de moi. Lisez-la.

BARTHOLO. Cet honnête procédé dissiperait mes soupçons, si j'étais assez malheureux pour en conserver.

ROSINE. Lisez-la donc, Monsieur.

BARTHOLO *se retire*. A Dieu ne plaise que je te fasse une pareille injure !

ROSINE. Vous me contrariez de la refuser.

BARTHOLO. Reçois en réparation cette marque de ma parfaite confiance. Je vais voir la pauvre Marceline, que ce Figaro a, je ne sais pourquoi, saignée au pied ; n'y viens-tu pas aussi ?

ROSINE. J'y monterai dans un moment.

BARTHOLO. Puisque la paix est faite, mignonne, donne-moi ta main. Si tu pouvais m'aimer, ah ! comme tu serais heureuse.

ROSINE, *baissant les yeux*. Si vous pouviez me plaire, ah ! comme je vous aimerais.

BARTHOLO. Je te plairai, je te plairai ; quand je te dis que je te plairai !

*Il sort.*

## Scène 16

ROSINE *le regarde aller*

Ah ! Lindor ! Il dit qu'il me plaira !... Lisons cette lettre, qui a manqué de me causer tant de chagrin. (*Elle lit et s'écrie.*) Ha !... j'ai lu trop tard ; il me recommande de tenir une querelle ouverte avec mon tuteur ; j'en avais une si bonne, et je l'ai laissée échapper. En recevant la lettre, j'ai senti que je rougissais jusqu'aux yeux. Ah ! mon tuteur a raison : je suis bien loin d'avoir cet usage du monde qui, me dit-il souvent, assure le maintien des femmes en toute occasion ! Mais un homme injuste parviendrait à faire une rusée de l'innocence même.

# Acte III

## Scène 1

BARTHOLO, *seul et désolé*

Quelle humeur ! quelle humeur ! Elle paraissait apaisée… Là, qu'on me dise qui diable lui a fourré dans la tête de ne plus vouloir prendre leçon de don Bazile ! Elle sait qu'il se mêle de mon mariage… (*On heurte à la porte.*) Faites tout au monde pour plaire aux femmes ; si vous omettez un seul petit point… je dis un seul… (*On heurte une seconde fois.*) Voyons qui c'est.

## Scène 2

BARTHOLO, LE COMTE, *en bachelier*

LE COMTE. Que la paix et la joie habitent toujours céans !

BARTHOLO, *brusquement.* Jamais souhait ne vint plus à propos. Que voulez-vous ?

LE COMTE. Monsieur, je suis Alonzo, bachelier, licencié…

BARTHOLO. Je n'ai pas besoin de précepteur.

LE COMTE. … élève de don Bazile, organiste du grand couvent, qui a l'honneur de montrer la musique à madame votre…

BARTHOLO. Bazile ! organiste ! qui a l'honneur !… Je le sais ! au fait.

LE COMTE, *à part.* Quel homme ! (*Haut.*) Un mal subit qui le force à garder le lit…

BARTHOLO. Garder le lit ! Bazile ! Il a bien fait d'envoyer, je vais le voir à l'instant.

LE COMTE, *à part*. Oh diable! (*Haut*.) Quand je dis le lit, monsieur, c'est... la chambre que j'entends.

BARTHOLO. Ne fût-il qu'incommodé! Marchez devant, je vous suis.

LE COMTE, *embarrassé*. Monsieur, j'étais chargé... Personne ne peut-il nous entendre?

BARTHOLO, *à part*. C'est quelque fripon. (*Haut*.) Eh non, monsieur le mystérieux! parlez sans vous troubler, si vous pouvez.

LE COMTE, *à part*. Maudit vieillard! (*Haut*.) Don Bazile m'avait chargé de vous apprendre...

BARTHOLO. Parlez haut, je suis sourd d'une oreille.

LE COMTE, *élevant la voix*. Ah! volontiers... que le comte Almaviva, qui restait à la grande place...

BARTHOLO, *effrayé*. Parlez bas; parlez bas!

LE COMTE, *plus haut*. ... en est délogé ce matin. Comme c'est par moi qu'il a su que le comte Almaviva...

BARTHOLO. Bas; parlez bas, je vous prie.

LE COMTE, *du même ton*. ... était en cette ville, et que j'ai découvert que la signora Rosine lui a écrit...

BARTHOLO. Lui a écrit? Mon cher ami, parlez plus bas, je vous en conjure! Tenez, asseyons-nous, et jasons d'amitié. Vous avez découvert, dites-vous, que Rosine...

LE COMTE, *fièrement*. Assurément. Bazile, inquiet pour vous de cette correspondance, m'avait prié de vous montrer sa lettre; mais la manière dont vous prenez les choses...

BARTHOLO. Eh! mon Dieu! je les prends bien. Mais ne vous est-il donc pas possible de parler plus bas?

LE COMTE. Vous êtes sourd d'une oreille, avez-vous dit.

BARTHOLO. Pardon, pardon, seigneur Alonzo, si vous m'avez trouvé méfiant et dur; mais je suis tellement entouré d'intrigants, de pièges...; et puis votre tournure, votre âge, votre air... Pardon, pardon. Eh bien! vous avez la lettre?

LE COMTE. A la bonne heure sur ce ton, Monsieur! mais je crains qu'on ne soit aux écoutes.

BARTHOLO. Eh! qui voulez-vous? tous mes valets sur les dents! Rosine enfermée de fureur! Le diable est entré chez moi. Je vais encore m'assurer...

*Il va ouvrir doucement la porte de Rosine.*

LE COMTE, *à part*. Je me suis enferré de dépit. Garder la lettre à présent ! Il faudra m'enfuir : autant vaudrait n'être pas venu... La lui montrer !... Si je puis en prévenir Rosine, la montrer est un coup de maître.

BARTHOLO *revient sur la pointe des pieds*. Elle est assise auprès de sa fenêtre, le dos tourné à la porte, occupée à relire une lettre de son cousin l'officier, que j'avais décachetée... Voyons donc la sienne.

LE COMTE *lui remet la lettre de Rosine*. La voici. (*A part*.) C'est ma lettre qu'elle relit.

BARTHOLO *lit*. « *Depuis que vous m'avez appris votre nom et votre état...* » Ah ! la perfide ! c'est bien là sa main.

LE COMTE, *effrayé*. Parlez donc bas à votre tour.

BARTHOLO. Quelle obligation, mon cher !...

LE COMTE. Quand tout sera fini, si vous croyez m'en devoir, vous serez le maître. D'après un travail que fait actuellement don Bazile avec un homme de loi...

BARTHOLO. Avec un homme de loi, pour mon mariage ?

LE COMTE. Vous aurais-je arrêté sans cela ? Il m'a chargé de vous dire que tout peut être prêt pour demain. Alors, si elle résiste...

BARTHOLO. Elle résistera.

LE COMTE *veut reprendre la lettre, Bartholo la serre*. Voilà l'instant où je puis vous servir : nous lui montrerons sa lettre et s'il le faut (*plus mystérieusement*) j'irai jusqu'à lui dire que je la tiens d'une femme à qui le comte l'a sacrifiée. Vous sentez que le trouble, la honte, le dépit peuvent la porter sur-le-champ...

BARTHOLO, *riant*. De la calomnie ! Mon cher ami, je vois bien maintenant que vous venez de la part de Bazile ! Mais pour que ceci n'eût pas l'air concerté, ne serait-il pas bon qu'elle vous connût d'avance ?

LE COMTE *réprime un grand mouvement de joie*. C'est assez l'avis de don Bazile. Mais comment faire ? il est tard... au peu de temps qui reste...

BARTHOLO. Je dirai que vous venez en sa place. Ne lui donnerez-vous pas bien une leçon ?

LE COMTE. Il n'y a rien que je ne fasse pour vous plaire. Mais prenez garde que toutes ces histoires de maîtres supposés sont de vieilles finesses, des moyens de comédie. Si elle va se douter... ?

BARTHOLO. Présenté par moi, quelle apparence? Vous avez plus l'air d'un amant déguisé que d'un ami officieux.

LE COMTE. Oui? Vous croyez donc que mon air peut aider à la tromperie?

BARTHOLO. Je le donne au plus fin à deviner. Elle est ce soir d'une humeur horrible. Mais quand elle ne ferait que vous voir... Son clavecin est dans ce cabinet. Amusez-vous en l'attendant: je vais faire l'impossible pour l'amener.

LE COMTE. Gardez-vous bien de lui parler de la lettre!

BARTHOLO. Avant l'instant décisif? Elle perdrait tout son effet. Il ne faut pas me dire deux fois les choses; il ne faut pas me les dire deux fois.

*Il s'en va.*

## Scène 3

LE COMTE, *seul*

Me voilà sauvé. Ouf! Que ce diable d'homme est rude à manier! Figaro le connaît bien. Je me voyais mentir; cela me donnait un air plat et gauche; et il a des yeux!... Ma foi, sans l'inspiration subite de la lettre, il faut l'avouer, j'étais éconduit comme un sot. Ô Ciel! on dispute là-dedans. Si elle allait s'obstiner à ne pas venir! Écoutons... Elle refuse de sortir de chez elle, et j'ai perdu le fruit de ma ruse. (*Il retourne écouter.*) La voici; ne nous montrons pas d'abord.

*Il entre dans le cabinet.*

## Scène 4

LE COMTE, ROSINE, BARTHOLO

ROSINE, *avec une colère simulée.* Tout ce que vous direz est inutile, Monsieur. J'ai pris mon parti; je ne veux plus entendre parler de musique.

BARTHOLO. Écoute donc, mon enfant; c'est le seigneur Alonzo, l'élève et l'ami de don Bazile, choisi par lui pour être un de nos témoins... La musique te calmera, je t'assure.

ROSINE. Oh! pour cela, vous pouvez vous en détacher. Si je chante ce soir!... Où donc est-il ce maître que vous craignez de renvoyer? Je vais, en deux mots, lui donner son compte, et celui de Bazile. (*Elle aperçoit son amant; elle fait un cri.*) Ah!...

BARTHOLO. Qu'avez-vous?

ROSINE, *les deux mains sur son cœur, avec un grand trouble.* Ah! mon Dieu, Monsieur... Ah! mon Dieu, Monsieur...

BARTHOLO. Elle se trouve encore mal! Seigneur Alonzo!

ROSINE. Non, je ne me trouve pas mal... mais c'est qu'en me tournant... Ah!...

LE COMTE. Le pied vous a tourné, Madame?

ROSINE. Ah! oui, le pied m'a tourné. Je me suis fait un mal horrible.

LE COMTE. Je m'en suis bien aperçu.

ROSINE, *regardant le comte.* Le coup m'a porté au cœur.

BARTHOLO. Un siège, un siège. Et pas un fauteuil ici?

*Il va le chercher.*

LE COMTE. Ah! Rosine!

ROSINE. Quelle imprudence!

LE COMTE. J'ai mille choses essentielles à vous dire.

ROSINE. Il ne nous quittera pas.

LE COMTE. Figaro va venir nous aider.

BARTHOLO *apporte un fauteuil.* Tiens, mignonne, assieds-toi. — Il n'y a pas d'apparence, bachelier, qu'elle prenne de leçon ce soir; ce sera pour un autre jour. Adieu.

ROSINE, *au comte.* Non, attendez; ma douleur est un peu apaisée. (*A Bartholo.*) Je sens que j'ai eu tort avec vous, Monsieur: je veux vous imiter, en réparant sur-le-champ...

BARTHOLO. Oh! le bon petit naturel de femme! Mais après une pareille émotion, mon enfant, je ne souffrirai pas que tu fasses le moindre effort. Adieu, adieu, bachelier.

ROSINE, *au comte.* Un moment, de grâce! (*A Bartholo.*) Je croirai, Monsieur, que vous n'aimez pas à m'obliger, si vous m'empêchez de vous prouver mes regrets en prenant ma leçon.

LE COMTE, *à part, à Bartholo.* Ne la contrariez pas, si vous m'en croyez.

BARTHOLO. Voilà qui est fini, mon amoureuse. Je suis si loin de chercher à te déplaire, que je veux rester là tout le temps que tu vas étudier.

ROSINE. Non, Monsieur, je sais que la musique n'a nul attrait pour vous.

BARTHOLO. Je t'assure que ce soir elle m'enchantera.

ROSINE, *au comte, à part.* Je suis au supplice.

LE COMTE, *prenant un papier de musique sur le pupitre.* Est-ce là ce que vous voulez chanter, Madame ?

ROSINE. Oui, c'est un morceau très agréable de *La Précaution inutile.*

BARTHOLO. Toujours *La Précaution inutile* ?

LE COMTE. C'est ce qu'il y a de plus nouveau aujourd'hui. C'est une image du printemps, d'un genre assez vif. Si Madame veut l'essayer...

ROSINE, *regardant le comte.* Avec un grand plaisir : un tableau du printemps me ravit ; c'est la jeunesse de la nature. Au sortir de l'hiver, il semble que le cœur acquière un plus haut degré de sensibilité : comme un esclave, enfermé depuis longtemps, goûte avec plus de plaisir le charme de la liberté qui vient de lui être offerte.

BARTHOLO, *bas, au comte.* Toujours des idées romanesques en tête.

LE COMTE, *bas.* En sentez-vous l'application ?

BARTHOLO. Parbleu !

*Il va s'asseoir dans le fauteuil qu'a occupé Rosine.*

ROSINE *chante.*

Quand, dans la plaine
L'amour ramène
Le printemps
Si chéri des amants,
Tout reprend l'être,
Son feu pénètre
Dans les fleurs
Et dans les jeunes cœurs.
On voit les troupeaux
Sortir des hameaux ;
Dans tous les coteaux

Les cris des agneaux
Retentissent;
Ils bondissent;
Tout fermente,
Tout augmente;
Les brebis paissent
Les fleurs qui naissent;
Les chiens fidèles
Veillent sur elles;
Mais Lindor enflammé
Ne songe guère
Qu'au bonheur d'être aimé
De sa bergère.

(*Même air*)

Loin de sa mère
Cette bergère
Va chantant
Où son amant l'attend.
Par cette ruse,
L'amour l'abuse;
Mais chanter
Sauve-t-il du danger?
Les doux chalumeaux,
Les chants des oiseaux,
Ses charmes naissants,
Ses quinze ou seize ans,
Tout l'excite,
Tout l'agite;
La pauvrette
S'inquiète;
De sa retraite,
Lindor la guette;
Elle s'avance;
Lindor s'élance;
Il vient de l'embrasser:
Elle, bien aise,
Feint de se courroucer
Pour qu'on l'apaise.

(PETITE REPRISE)

Les soupirs,
Les soins, les promesses,
Les vives tendresses,
Les plaisirs,
Le fin badinage,
Sont mis en usage;

Et bientôt la bergère
Ne sent plus de colère.
    Si quelque jaloux
Trouble un bien si doux,
    Nos amants d'accord
    Ont un soin extrême...
... De voiler leur transport;
    Mais quand on s'aime,
La gêne ajoute encor
    Au plaisir même.

*En l'écoutant, Bartholo s'est assoupi. Le comte, pendant la petite reprise, se hasarde à prendre une main qu'il couvre de baisers. L'émotion ralentit le chant de Rosine, l'affaiblit, et finit même par lui couper la voix au milieu de la cadence, au mot:* extrême. *L'orchestre suit les mouvements de la chanteuse, affaiblit son jeu, et se tait avec elle. L'absence du bruit qui avait endormi Bartholo le réveille. Le comte se relève, Rosine et l'orchestre reprennent subitement la suite de l'air. Si la petite reprise se répète, le même jeu recommence.*

LE COMTE. En vérité, c'est un morceau charmant; et Madame l'exécute avec une intelligence...

ROSINE. Vous me flattez, seigneur; la gloire est tout entière au maître.

BARTHOLO, *bâillant*. Moi, je crois que j'ai un peu dormi pendant le morceau charmant. J'ai mes malades. Je vas, je viens, je toupille, et sitôt que je m'assieds, mes pauvres jambes!

*Il se lève et pousse le fauteuil.*

ROSINE, *bas, au comte*. Figaro ne vient pas!

LE COMTE. Filons le temps.

BARTHOLO. Mais, bachelier, je l'ai déjà dit à ce vieux Bazile: est-ce qu'il n'y aurait pas moyen de lui faire étudier des choses plus gaies que toutes ces grandes aria, qui vont en haut, en bas, en roulant, hi, ho, a, a, a, a, et qui me semblent autant d'enterrements? Là, de ces petits airs qu'on chantait dans ma jeunesse, et que chacun retenait facilement? J'en savais autrefois... Par exemple...

*Pendant la ritournelle, il cherche en se grattant la tête, et chante en faisant claquer ses pouces, et dansant des genoux comme les vieillards.*

Veux-tu, ma Rosinette,
Faire emplette
Du roi des maris ?...

(*Au comte, en riant.*) Il y a Fanchonnette dans la chanson ; mais j'y ai substitué Rosinette pour la lui rendre plus agréable, et la faire cadrer aux circonstances. Ah, ah, ah, ah ! Fort bien ! pas vrai ?

LE COMTE, *riant.* Ah, ah, ah ! Oui, tout au mieux.

## Scène 5

FIGARO, *dans le fond* ; ROSINE, BARTHOLO, LE COMTE

BARTHOLO, *chante.*

Veux-tu, ma Rosinette,
Faire emplette
Du roi des maris ?
Je ne suis point Tircis ;
Mais la nuit, dans l'ombre,
Je vaux encor mon prix ;
Et quand il fait sombre
Les plus beaux chats sont gris.

*Il répète la reprise en dansant. Figaro, derrière lui, imite ses mouvements.*

Je ne suis point Tircis.

(*Apercevant Figaro.*) Ah ! entrez, monsieur le barbier ; avancez ; vous êtes charmant !

FIGARO *salue.* Monsieur, il est vrai que ma mère me l'a dit autrefois, mais je suis un peu déformé depuis ce temps-là. (*A part, au comte.*) Bravo, Monseigneur !

*Pendant toute cette scène, le comte fait ce qu'il peut pour parler à Rosine ; mais l'œil inquiet et vigilant du tuteur l'en empêche toujours, ce qui forme un jeu muet de tous les acteurs étrangers au débat du docteur et de Figaro.*

BARTHOLO. Venez-vous purger encore, saigner, droguer, mettre sur le grabat toute ma maison ?

FIGARO. Monsieur, il n'est pas tous les jours fête ; mais, sans compter les soins quotidiens, Monsieur a pu voir que, lorsqu'ils en ont besoin, mon zèle n'attend pas qu'on lui commande...

BARTHOLO. Votre zèle n'attend pas ! Que direz-vous, monsieur le zélé, à ce malheureux qui bâille et dort tout éveillé ? et à l'autre qui, depuis trois heures, éternue à se faire sauter le crâne et jaillir la cervelle ! que leur direz-vous ?

FIGARO. Ce que je leur dirai ?

BARTHOLO. Oui !

FIGARO. Je leur dirai... Eh, parbleu ! je dirai à celui qui éternue : *Dieu vous bénisse !* et : *Va te coucher* à celui qui bâille. Ce n'est pas cela, Monsieur, qui grossira le mémoire.

BARTHOLO. Vraiment, non ; mais c'est la saignée et les médicaments qui le grossiraient, si je voulais y entendre. Est-ce par zèle aussi, que vous avez empaqueté les yeux de ma mule ? et votre cataplasme lui rendra-t-il la vue ?

FIGARO. S'il ne lui rend pas la vue, ce n'est pas cela non plus qui l'empêchera d'y voir.

BARTHOLO. Que je le trouve sur le mémoire !... On n'est pas de cette extravagance-là !

FIGARO. Ma foi, Monsieur, les hommes n'ayant guère à choisir qu'entre la sottise et la folie, où je ne vois pas de profit, je veux au moins du plaisir ; et vive la joie ! Qui sait si le monde durera encore trois semaines ?

BARTHOLO. Vous feriez bien mieux, monsieur le raisonneur, de me payer mes cent écus et les intérêts sans lanterner, je vous en avertis.

FIGARO. Doutez-vous de ma probité, Monsieur ? Vos cent écus ! j'aimerais mieux vous les devoir toute ma vie que de les nier un seul instant.

BARTHOLO. Et dites-moi un peu comment la petite Figaro a trouvé les bonbons que vous lui avez portés ?

FIGARO. Quels bonbons ? Que voulez-vous dire ?

BARTHOLO. Oui, ces bonbons, dans ce cornet fait avec cette feuille de papier à lettre, ce matin.

FIGARO. Diable emporte si...

ROSINE, *l'interrompant*. Avez-vous eu soin au moins de les lui donner de ma part, monsieur Figaro ? Je vous l'avais recommandé.

FIGARO. Ah ! ah ! les bonbons de ce matin ? Que je suis bête, moi ! j'avais perdu tout cela de vue... Oh ! excellents, Madame ! admirables !

BARTHOLO. Excellents ! admirables ! Oui, sans doute, monsieur le barbier, revenez sur vos pas ! Vous faites là un joli métier, Monsieur !

FIGARO. Qu'est-ce qu'il a donc, Monsieur ?

BARTHOLO. Et qui vous fera une belle réputation, Monsieur !

FIGARO. Je la soutiendrai, Monsieur.

BARTHOLO. Dites que vous la supporterez, Monsieur.

FIGARO. Comme il vous plaira, Monsieur.

BARTHOLO. Vous le prenez bien haut, Monsieur ! Sachez que quand je dispute avec un fat, je ne lui cède jamais.

FIGARO *lui tourne le dos*. Nous différons en cela, Monsieur ; moi, je lui cède toujours.

BARTHOLO. Hein ? qu'est-ce qu'il dit donc, bachelier ?

FIGARO. C'est que vous croyez avoir affaire à quelque barbier de village, et qui ne sait manier que le rasoir ? Apprenez, Monsieur, que j'ai travaillé de la plume à Madrid, et que sans les envieux...

BARTHOLO. Eh ! que n'y restiez-vous, sans venir ici changer de profession ?

FIGARO. On fait comme on peut. Mettez-vous à ma place.

BARTHOLO. Me mettre à votre place ! Ah ! parbleu, je dirais de belles sottises !

FIGARO. Monsieur, vous ne commencez pas trop mal ; je m'en rapporte à votre confrère qui est là rêvassant.

LE COMTE, *revenant à lui*. Je... je ne suis pas le confrère de Monsieur.

FIGARO. Non ? Vous voyant ici à consulter, j'ai pensé que vous poursuiviez le même objet.

BARTHOLO, *en colère*. Enfin, quel sujet vous amène ? Y a-t-il quelque lettre à remettre encore ce soir à Madame ? Parlez, faut-il que je me retire ?

FIGARO. Comme vous rudoyez le pauvre monde ! Eh ! parbleu, Monsieur, je viens vous raser, voilà tout : n'est-ce pas aujourd'hui votre jour ?

BARTHOLO. Vous reviendrez tantôt.

FIGARO. Ah ! oui, revenir ! Toute la garnison prend médecine demain matin, j'en ai obtenu l'entreprise par mes protections. Jugez donc comme j'ai du temps à perdre ! Monsieur passe-t-il chez lui ?

BARTHOLO. Non, Monsieur ne passe point chez lui. Eh ! mais... qui empêche qu'on ne me rase ici ?

ROSINE, *avec dédain*. Vous êtes honnête ! Et pourquoi pas dans mon appartement ?

BARTHOLO. Tu te fâches ! Pardon, mon enfant, tu vas achever de prendre ta leçon ; c'est pour ne pas perdre un instant le plaisir de t'entendre.

FIGARO, *bas au comte*. On ne le tirera pas d'ici. (*Haut.*) Alors, l'Éveillé ? La Jeunesse ? le bassin, de l'eau, tout ce qu'il faut à Monsieur.

BARTHOLO. Sans doute, appelez-les ! Fatigués, harassés, moulus de votre façon, n'a-t-il pas fallu les faire coucher !

FIGARO. Eh bien ! j'irai tout chercher. N'est-ce pas dans votre chambre ? (*Bas, au comte.*) Je vais l'attirer dehors.

BARTHOLO *détache son trousseau de clefs, et dit par réflexion*. Non, non, j'y vais moi-même. (*Bas, au comte, en s'en allant.*) Ayez les yeux sur eux, je vous prie.

## Scène 6

FIGARO, LE COMTE, ROSINE

FIGARO. Ah ! que nous l'avons manqué belle ! il allait me donner le trousseau. La clef de la jalousie n'y est-elle pas ?

ROSINE. C'est la plus neuve de toutes.

## Scène 7

FIGARO, LE COMTE, ROSINE,
BARTHOLO, *revenant*

BARTHOLO, *à part*. Bon ! je ne sais ce que je fais, de laisser ici ce maudit barbier. (*A Figaro.*) Tenez. (*Il lui donne le trousseau.*) Dans mon cabinet, sous mon bureau ; mais ne touchez à rien.

FIGARO. La peste ! il y ferait bon, méfiant comme vous êtes ! (*A part, en s'en allant.*) Voyez comme le Ciel protège l'innocence !

## Scène 8

BARTHOLO, LE COMTE, ROSINE

BARTHOLO, *bas, au comte.* C'est le drôle qui a porté la lettre au comte.

LE COMTE, *bas.* Il m'a l'air d'un fripon.

BARTHOLO. Il ne m'attrapera plus.

LE COMTE. Je crois qu'à cet égard le plus fort est fait.

BARTHOLO. Tout considéré, j'ai pensé qu'il était plus prudent de l'envoyer dans ma chambre que de le laisser avec elle.

LE COMTE. Ils n'auraient pas dit un mot que je n'eusse été en tiers.

ROSINE. Il est bien poli, Messieurs, de parler bas sans cesse. Et ma leçon ?

*Ici, l'on entend un bruit, comme de vaisselle renversée.*

BARTHOLO, *criant.* Qu'est-ce que j'entends donc ? Le cruel barbier aura tout laissé tomber dans l'escalier, et les plus belles pièces de mon nécessaire !...

*Il court dehors.*

## Scène 9

LE COMTE, ROSINE

LE COMTE. Profitons du moment que l'intelligence de Figaro nous ménage. Accordez-moi, ce soir, je vous en conjure, Madame, un moment d'entretien indispensable pour vous soustraire à l'esclavage où vous allez tomber.

ROSINE. Ah ! Lindor !

LE COMTE. Je puis monter à votre jalousie ; et quant à la lettre que j'ai reçue de vous ce matin, je me suis vu forcé...

## Scène 10

ROSINE, BARTHOLO, FIGARO, LE COMTE

BARTHOLO. Je ne m'étais pas trompé ; tout est brisé, fracassé.

FIGARO. Voyez le grand malheur pour tant de train ! On ne voit goutte sur l'escalier. (*Il montre la clef au comte.*) Moi, en montant, j'ai accroché une clef...

BARTHOLO. On prend garde à ce qu'on fait. Accrocher une clef ! L'habile homme !

FIGARO. Ma foi, Monsieur, cherchez-en un plus subtil.

## Scène 11

LES ACTEURS PRÉCÉDENTS, DON BAZILE

ROSINE, *effrayée, à part.* Don Bazile !...

LE COMTE, *à part.* Juste Ciel !

FIGARO, *à part.* C'est le diable.

BARTHOLO *va au-devant de lui.* Ah ! Bazile, mon ami, soyez le bien rétabli. Votre accident n'a donc point eu de suites ? En vérité, le seigneur Alonzo m'avait fort effrayé sur votre état ; demandez-lui, je partais pour vous aller voir, et s'il ne m'avait point retenu...

BAZILE, *étonné.* Le seigneur Alonzo ?

FIGARO *frappe du pied.* Eh quoi ! toujours des accrocs ? Deux heures pour une méchante barbe... Chienne de pratique !

BAZILE, *regardant tout le monde.* Me ferez-vous bien le plaisir de me dire, Messieurs... ?

FIGARO. Vous lui parlerez quand je serai parti.

BAZILE. Mais encore faudrait-il...

LE COMTE. Il faudrait vous taire, Bazile. Croyez-vous apprendre à Monsieur quelque chose qu'il ignore ? Je lui ai raconté que vous m'aviez chargé de venir donner une leçon de musique à votre place.

BAZILE, *plus étonné*. La leçon de musique!... Alonzo!...

ROSINE, *à part, à Bazile*. Eh! taisez-vous.

BAZILE. Elle aussi!

LE COMTE, *bas, à Bartholo*. Dites-lui donc tout bas que nous en sommes convenus.

BARTHOLO, *à Bazile, à part*. N'allez pas nous démentir, Bazile, en disant qu'il n'est pas votre élève, vous gâteriez tout.

BAZILE. Ah! ah!

BARTHOLO, *haut*. En vérité, Bazile, on n'a pas plus de talent que votre élève.

BAZILE, *stupéfait*. Que mon élève!... (*Bas.*) Je venais pour vous dire que le comte est déménagé.

BARTHOLO, *bas*. Je le sais, taisez-vous.

BAZILE, *bas*. Qui vous l'a dit?

BARTHOLO, *bas*. Lui, apparemment.

LE COMTE, *bas*. Moi, sans doute: écoutez seulement.

ROSINE, *bas, à Bazile*. Est-il si difficile de vous taire?

FIGARO, *bas, à Bazile*. Hum! Grand escogriffe! Il est sourd!

BAZILE, *à part*. Qui diable est-ce donc qu'on trompe ici? Tout le monde est dans le secret!

BARTHOLO, *haut*. Eh bien, Bazile, votre homme de loi?

FIGARO. Vous avez toute la soirée pour parler de l'homme de loi.

BARTHOLO, *à Bazile*. Un mot: dites-moi seulement si vous êtes content de l'homme de loi?

BAZILE, *effaré*. De l'homme de loi?

LE COMTE, *souriant*. Vous ne l'avez pas vu, l'homme de loi?

BAZILE, *impatienté*. Eh! non, je ne l'ai pas vu, l'homme de loi.

LE COMTE, *à Bartholo, à part*. Voulez-vous donc qu'il s'explique ici devant elle? Renvoyez-le.

BARTHOLO, *bas, au comte*. Vous avez raison. (*A Bazile.*) Mais quel mal vous a donc pris si subitement?

BAZILE, *en colère*. Je ne vous entends pas.

LE COMTE *lui met à part une bourse dans la main*. Oui, Monsieur vous demande ce que vous venez faire ici, dans l'état d'indisposition où vous êtes ?

FIGARO. Il est pâle comme un mort !

BAZILE. Ah ! je comprends...

LE COMTE. Allez vous coucher, mon cher Bazile : vous n'êtes pas bien, et vous nous faites mourir de frayeur. Allez vous coucher.

FIGARO. Il a la physionomie toute renversée. Allez vous coucher.

BARTHOLO. D'honneur, il sent la fièvre d'une lieue. Allez vous coucher.

ROSINE. Pourquoi êtes-vous donc sorti ! On dit que cela se gagne. Allez vous coucher.

BAZILE, *au dernier étonnement*. Que j'aille me coucher !

TOUS LES ACTEURS ENSEMBLE. Eh ! sans doute.

BAZILE, *les regardant tous*. En effet, Messieurs, je crois que je ne ferai pas mal de me retirer ; je sens que je ne suis pas ici dans mon assiette ordinaire.

BARTHOLO. A demain, toujours : si vous êtes mieux.

LE COMTE. Bazile, je serai chez vous de très bonne heure.

FIGARO. Croyez-moi, tenez-vous bien chaudement dans votre lit.

ROSINE. Bonsoir, monsieur Bazile.

BAZILE, *à part*. Diable emporte si j'y comprends rien ! et sans cette bourse...

TOUS. Bonsoir, Bazile, bonsoir.

BAZILE, *en s'en allant*. Eh bien ! bonsoir donc, bonsoir.

*Ils l'accompagnent tous en riant.*

## Scène 12

LES ACTEURS PRÉCÉDENTS, *excepté* BAZILE

BARTHOLO, *d'un ton important*. Cet homme-là n'est pas bien du tout.

ROSINE. Il a les yeux égarés.

LE COMTE. Le grand air l'aura saisi.

FIGARO. Avez-vous vu comme il parlait tout seul ? Ce que c'est que de nous ! (*A Bartholo.*) Ah çà, vous décidez-vous, cette fois ?

*Il lui pousse un fauteuil très loin du comte, et lui présente le linge.*

LE COMTE. Avant de finir, Madame, je dois vous dire un mot essentiel au progrès de l'art que j'ai l'honneur de vous enseigner.

*Il s'approche, et lui parle bas à l'oreille.*

BARTHOLO, *à Figaro.* Eh mais ! il semble que vous le fassiez exprès de vous approcher, et de vous mettre devant moi pour m'empêcher de voir...

LE COMTE, *bas, à Rosine.* Nous avons la clef de la jalousie, et nous serons ici à minuit.

FIGARO *passe le linge au cou de Bartholo.* Quoi voir ? Si c'était une leçon de danse, on vous passerait d'y regarder ; mais du chant !... ahi, ahi.

BARTHOLO. Qu'est-ce que c'est ?

FIGARO. Je ne sais ce qui m'est entré dans l'œil.

*Il rapproche sa tête.*

BARTHOLO. Ne frottez donc pas.

FIGARO. C'est le gauche. Voudriez-vous me faire le plaisir d'y souffler un peu fort ?

*Bartholo prend la tête de Figaro, regarde par-dessus, le pousse violemment, et va derrière les amants écouter leur conversation.*

LE COMTE, *bas, à Rosine.* Et quant à votre lettre, je me suis trouvé tantôt dans un tel embarras pour rester ici...

FIGARO, *de loin, pour avertir.* Hem ! hem !...

LE COMTE. Désolé de voir encore mon déguisement inutile.

BARTHOLO, *passant entre eux deux.* Votre déguisement inutile !

ROSINE, *effrayée.* Ah !...

BARTHOLO. Fort bien, Madame, ne vous gênez pas. Comment ! sous mes yeux mêmes, en ma présence, on m'ose outrager de la sorte !

LE COMTE. Qu'avez-vous donc, seigneur ?

BARTHOLO. Perfide Alonzo !

LE COMTE. Seigneur Bartholo, si vous avez souvent des lubies comme celle dont le hasard me rend témoin, je ne suis plus étonné de l'éloignement que Mademoiselle a pour devenir votre femme.

ROSINE. Sa femme ! Moi ! Passer mes jours auprès d'un vieux jaloux, qui, pour tout bonheur, offre à ma jeunesse un esclavage abominable !

BARTHOLO. Ah ! qu'est-ce que j'entends !

ROSINE. Oui, je le dis tout haut : je donnerai mon cœur et ma main à celui qui pourra m'arracher de cette horrible prison, où ma personne et mon bien sont retenus contre toute justice.

*Rosine sort.*

## Scène 13

BARTHOLO, FIGARO, LE COMTE

BARTHOLO. La colère me suffoque.

LE COMTE. En effet, seigneur, il est difficile qu'une jeune femme...

FIGARO. Oui, une jeune femme, et un grand âge, voilà ce qui trouble la tête d'un vieillard.

BARTHOLO. Comment ! lorsque je les prends sur le fait ! Maudit barbier ! il me prend des envies...

FIGARO. Je me retire, il est fou.

LE COMTE. Et moi aussi ; d'honneur, il est fou.

FIGARO. Il est fou, il est fou...

*Ils sortent.*

## Scène 14

BARTHOLO, *seul, les poursuit*

Je suis fou ! Infâmes suborneurs, émissaires du diable, dont vous faites ici l'office, et qui puisse vous emporter tous... je suis fou !... Je les ai vus comme je vois ce pupitre... et me soutenir effrontément...! Ah! il n'y a que Bazile qui puisse m'expliquer ceci. Oui, envoyons-le chercher. Holà, quelqu'un... Ah! j'oublie que je n'ai personne... Un voisin, le premier venu, n'importe. Il y a de quoi perdre l'esprit! il y a de quoi perdre l'esprit!

*Pendant l'entracte, le théâtre s'obscurcit: on entend un bruit d'orage, et l'orchestre joue celui qui est gravé dans le recueil de la musique du* Barbier.

# Acte IV

*Le théâtre est obscur.*

## Scène 1

BARTHOLO, DON BAZILE,
*une lanterne de papier à la main*

BARTHOLO. Comment, Bazile, vous ne le connaissez pas ? Ce que vous dites est-il possible ?

BAZILE. Vous m'interrogeriez cent fois, que je vous ferais toujours la même réponse. S'il vous a remis la lettre de Rosine, c'est sans doute un des émissaires du comte. Mais, à la magnificence du présent qu'il m'a fait, il se pourrait que ce fût le comte lui-même.

BARTHOLO. Quelle apparence ? Mais, à propos de ce présent, eh ! pourquoi l'avez-vous reçu ?

BAZILE. Vous aviez l'air d'accord ; je n'y entendais rien ; et, dans les cas difficiles à juger, une bourse d'or me paraît toujours un argument sans réplique. Et puis, comme dit le proverbe, ce qui est bon à prendre...

BARTHOLO. J'entends, est bon...

BAZILE. ... à garder.

BARTHOLO, *surpris*. Ah ! ah !

BAZILE. Oui, j'ai arrangé comme cela plusieurs petits proverbes avec des variations. Mais allons au fait : à quoi vous arrêtez-vous ?

BARTHOLO. En ma place, Bazile, ne feriez-vous pas les derniers efforts pour la posséder ?

BAZILE. Ma foi non, docteur. En toute espèce de biens, posséder est peu de chose ; c'est jouir, qui rend heureux ; mon avis est qu'épouser une femme dont on n'est point aimé, c'est s'exposer...

BARTHOLO. Vous craindriez les accidents ?

BAZILE. Hé, hé, Monsieur... on en voit beaucoup cette année. Je ne ferais point violence à son cœur.

BARTHOLO. Votre valet, Bazile. Il vaut mieux qu'elle pleure de m'avoir, que moi je meure de ne l'avoir pas.

BAZILE. Il y va de la vie ? Épousez, docteur, épousez.

BARTHOLO. Ainsi ferai-je, et cette nuit même.

BAZILE. Adieu donc... Souvenez-vous, en parlant à la pupille, de les rendre tous plus noirs que l'enfer.

BARTHOLO. Vous avez raison.

BAZILE. La calomnie, docteur, la calomnie ! Il faut toujours en venir là.

BARTHOLO. Voici la lettre de Rosine, que cet Alonzo m'a remise ; et il m'a montré, sans le vouloir, l'usage que j'en dois faire auprès d'elle.

BAZILE. Adieu : nous serons tous ici à quatre heures.

BARTHOLO. Pourquoi pas plus tôt ?

BAZILE. Impossible ; le notaire est retenu.

BARTHOLO. Pour un mariage ?

BAZILE. Oui, chez le barbier Figaro ; c'est sa nièce qu'il marie.

BARTHOLO. Sa nièce ? il n'en a pas.

BAZILE. Voilà ce qu'ils ont dit au notaire.

BARTHOLO. Ce drôle est du complot, que diable !...

BAZILE. Est-ce que vous penseriez... ?

BARTHOLO. Ma foi, ces gens-là sont si alertes ! Tenez, mon ami, je ne suis pas tranquille. Retournez chez le notaire. Qu'il vienne ici sur-le-champ avec vous.

BAZILE. Il pleut, il fait un temps du diable ; mais rien ne m'arrête pour vous servir. Que faites-vous donc ?

BARTHOLO. Je vous reconduis : n'ont-ils pas fait estropier tout mon monde par ce Figaro ! Je suis seul ici.

BAZILE. J'ai ma lanterne.

BARTHOLO. Tenez, Bazile, voilà mon passe-partout. Je vous attends, je veille ; et vienne qui voudra, hors le notaire et vous, personne n'entrera de la nuit.

BAZILE. Avec ces précautions, vous êtes sûr de votre fait.

## Scène 2

ROSINE, *seule, sortant de sa chambre*

Il me semblait avoir entendu parler. Il est minuit sonné ; Lindor ne vient point ! Ce mauvais temps même était propre à le favoriser. Sûr de ne rencontrer personne... Ah ! Lindor ! si vous m'aviez trompée !... Quel bruit entends-je ?... Dieux ! c'est mon tuteur. Rentrons.

## Scène 3

ROSINE, BARTHOLO

BARTHOLO, *tenant de la lumière.* Ah ! Rosine, puisque vous n'êtes pas encore rentrée dans votre appartement...

ROSINE. Je vais me retirer.

BARTHOLO. Par le temps affreux qu'il fait, vous ne reposerez pas, et j'ai des choses très pressées à vous dire.

ROSINE. Que me voulez-vous, Monsieur ? N'est-ce donc pas assez d'être tourmentée le jour ?

BARTHOLO. Rosine, écoutez-moi.

ROSINE. Demain je vous entendrai.

BARTHOLO. Un moment, de grâce !

ROSINE, *à part.* S'il allait venir !

BARTHOLO *lui montre sa lettre.* Connaissez-vous cette lettre ?

ROSINE *la reconnaît.* Ah ! grands dieux !...

BARTHOLO. Mon intention, Rosine, n'est point de vous faire de reproches : à votre âge, on peut s'égarer ; mais je suis votre ami ; écoutez-moi.

ROSINE. Je n'en puis plus.

BARTHOLO. Cette lettre que vous avez écrite au comte Almaviva !...

ROSINE, *étonnée.* Au comte Almaviva !

BARTHOLO. Voyez quel homme affreux est ce comte : aussitôt

qu'il l'a reçue, il en a fait trophée. Je la tiens d'une femme à qui il l'a sacrifiée.

ROSINE. Le comte Almaviva!...

BARTHOLO. Vous avez peine à vous persuader cette horreur. L'inexpérience, Rosine, rend votre sexe confiant et crédule; mais apprenez dans quel piège on vous attirait. Cette femme m'a fait donner avis de tout, apparemment pour écarter une rivale aussi dangereuse que vous. J'en frémis! le plus abominable complot entre Almaviva, Figaro et cet Alonzo, cet élève supposé de Bazile, qui porte un autre nom et n'est que le vil agent du comte, allait vous entraîner dans un abîme dont rien n'eût pu vous tirer.

ROSINE, *accablée*. Quelle horreur!... quoi, Lindor!... quoi, ce jeune homme!...

BARTHOLO, *à part*. Ah! c'est Lindor.

ROSINE. C'est pour le comte Almaviva... C'est pour un autre...

BARTHOLO. Voilà ce qu'on m'a dit en me remettant votre lettre.

ROSINE, *outrée*. Ah! quelle indignité!... Il en sera puni... Monsieur, vous avez désiré de m'épouser?

BARTHOLO. Tu connais la vivacité de mes sentiments.

ROSINE. S'il peut vous en rester encore, je suis à vous.

BARTHOLO. Eh bien! le notaire viendra cette nuit même.

ROSINE. Ce n'est pas tout. Ô Ciel! suis-je assez humiliée!... Apprenez que dans peu le perfide ose entrer par cette jalousie dont ils ont eu l'art de vous dérober la clef.

BARTHOLO, *regardant au trousseau*. Ah! les scélérats! Mon enfant, je ne te quitte plus.

ROSINE, *avec effroi*. Ah! Monsieur! et s'ils sont armés?

BARTHOLO. Tu as raison: je perdrais ma vengeance. Monte chez Marceline: enferme-toi chez elle à double tour. Je vais chercher main-forte, et l'attendre auprès de la maison. Arrêté comme voleur, nous aurons le plaisir d'en être à la fois vengés et délivrés! Et compte que mon amour te dédommagera...

ROSINE, *au désespoir*. Oubliez seulement mon erreur. (*A part*.) Ah! je m'en punis assez!

BARTHOLO, *s'en allant*. Allons nous embusquer. A la fin, je la tiens.

*Il sort.*

## Scène 4

ROSINE, *seule*

Son amour me dédommagera!... Malheureuse!... (*Elle tire son mouchoir, et s'abandonne aux larmes.*) Que faire?... Il va venir. Je veux rester et feindre avec lui, pour le contempler un moment dans toute sa noirceur. La bassesse de son procédé sera mon préservatif... Ah! j'en ai grand besoin. Figure noble, air doux, une voix si tendre!... et ce n'est que le vil agent d'un corrupteur! Ah! malheureuse! malheureuse!... Ciel! on ouvre la jalousie!

*Elle se sauve.*

## Scène 5

LE COMTE, FIGARO, *enveloppé d'un manteau, paraît à la fenêtre*

FIGARO *parle en dehors*. Quelqu'un s'enfuit: entrerai-je?

LE COMTE, *en dehors*. Un homme?

FIGARO. Non.

LE COMTE. C'est Rosine, que ta figure atroce aura mise en fuite.

FIGARO *saute dans la chambre*. Ma foi, je le crois... Nous voici enfin arrivés, malgré la pluie, la foudre et les éclairs.

LE COMTE, *enveloppé d'un long manteau*. Donne-moi la main. (*Il saute à son tour.*) A nous la victoire!

FIGARO *jette son manteau*. Nous sommes tout percés. Charmant temps, pour aller en bonne fortune! Monseigneur, comment trouvez-vous cette nuit?

LE COMTE. Superbe pour un amant.

FIGARO. Oui; mais pour un confident?... Et si quelqu'un allait nous surprendre ici?

LE COMTE. N'es-tu pas avec moi? J'ai bien une autre inquiétude : c'est de la déterminer à quitter sur-le-champ la maison du tuteur.

FIGARO. Vous avez pour vous trois passions toutes-puissantes sur le beau sexe : l'amour, la haine et la crainte.

LE COMTE *regarde dans l'obscurité.* Comment lui annoncer brusquement que le notaire l'attend chez toi pour nous unir ? Elle trouvera mon projet bien hardi ; elle va me nommer audacieux.

FIGARO. Si elle vous nomme audacieux, vous l'appellerez cruelle. Les femmes aiment beaucoup qu'on les appelle cruelles. Au surplus, si son amour est tel que vous le désirez, vous lui direz qui vous êtes ; elle ne doutera plus de vos sentiments.

## Scène 6

LE COMTE, ROSINE, FIGARO

*Figaro allume toutes les bougies qui sont sur la table.*

LE COMTE. La voici. — Ma belle Rosine !...

ROSINE, *d'un ton très compassé.* Je commençais, Monsieur, à craindre que vous ne vinssiez pas.

LE COMTE. Charmante inquiétude !... Mademoiselle, il ne me convient point d'abuser des circonstances pour vous proposer de partager le sort d'un infortuné ! mais quelque asile que vous choisissiez, je jure sur mon honneur...

ROSINE. Monsieur, si le don de ma main n'avait pas dû suivre à l'instant celui de mon cœur, vous ne seriez pas ici. Que la nécessité justifie à vos yeux ce que cette entrevue a d'irrégulier.

LE COMTE. Vous, Rosine ! la compagne d'un malheureux sans fortune, sans naissance !...

ROSINE. La naissance, la fortune ! Laissons là les jeux du hasard, et si vous m'assurez que vos intentions sont pures...

LE COMTE, *à ses pieds.* Ah ! Rosine ! je vous adore !...

ROSINE, *indignée.* Arrêtez, malheureux !... vous osez profaner !... Tu m'adores !... Va ! tu n'es plus dangereux pour moi ; j'attendais ce mot pour te détester. Mais avant de t'abandonner au remords qui t'attend (*en pleurant*), apprends que je t'aimais ; apprends que je faisais mon bonheur de partager ton mauvais sort. Misérable Lindor ! j'allais tout quitter pour te suivre. Mais le lâche abus que tu as fait de mes bontés, et l'indignité de cet affreux comte Almaviva, à qui tu me vendais, ont fait rentrer dans mes mains ce témoignage de ma faiblesse. Connais-tu cette lettre ?

LE COMTE, *vivement*. Que votre tuteur vous a remise ?

ROSINE, *fièrement*. Oui, je lui en ai l'obligation.

LE COMTE. Dieux, que je suis heureux ! Il la tient de moi. Dans mon embarras, hier, je m'en suis servi pour arracher sa confiance ; et je n'ai pu trouver l'instant de vous en informer. Ah, Rosine ! il est donc vrai que vous m'aimez véritablement !

FIGARO. Monseigneur, vous cherchiez une femme qui vous aimât pour vous-même...

ROSINE. Monseigneur !... Que dit-il ?

LE COMTE, *jetant son large manteau, paraît en habit magnifique*. Ô la plus aimée des femmes ! il n'est plus temps de vous abuser : l'heureux homme que vous voyez à vos pieds n'est point Lindor ; je suis le comte Almaviva, qui meurt d'amour, et vous cherche en vain depuis six mois.

ROSINE *tombe dans les bras du comte*. Ah !...

LE COMTE, *effrayé*. Figaro !

FIGARO. Point d'inquiétude, Monseigneur : la douce émotion de la joie n'a jamais de suites fâcheuses ; la voilà, la voilà qui reprend ses sens. Morbleu, qu'elle est belle !

ROSINE. Ah, Lindor !... Ah ! Monsieur ! que je suis coupable ! j'allais me donner cette nuit même à mon tuteur.

LE COMTE. Vous, Rosine !

ROSINE. Ne voyez que ma punition ! J'aurais passé ma vie à vous détester. Ah, Lindor, le plus affreux supplice n'est-il pas de haïr, quand on sent qu'on est faite pour aimer ?

FIGARO *regarde à la fenêtre*. Monseigneur, le retour est fermé ; l'échelle est enlevée.

LE COMTE. Enlevée !

ROSINE, *troublée*. Oui, c'est moi... c'est le docteur. Voilà le fruit de ma crédulité. Il m'a trompée. J'ai tout avoué, tout trahi : il sait que vous êtes ici, et va venir avec main-forte.

FIGARO *regarde encore*. Monseigneur! on ouvre la porte de la rue.

ROSINE, *courant dans les bras du comte avec frayeur*. Ah, Lindor!...

LE COMTE, *avec fermeté*. Rosine, vous m'aimez! Je ne crains personne; et vous serez ma femme. J'aurai donc le plaisir de punir à mon gré l'odieux vieillard!...

ROSINE. Non, non; grâce pour lui, cher Lindor! Mon cœur est si plein que la vengeance ne peut y trouver place.

## Scène 7

LE NOTAIRE, DON BAZILE, LES ACTEURS PRÉCÉDENTS

FIGARO. Monseigneur, c'est notre notaire.

LE COMTE. Et l'ami Bazile avec lui!

BAZILE. Ah! qu'est-ce que j'aperçois?

FIGARO. Eh! par quel hasard, notre ami...?

BAZILE. Par quel accident, Messieurs...?

LE NOTAIRE. Sont-ce là les futurs conjoints?

LE COMTE. Oui, Monsieur. Vous deviez unir la signora Rosine et moi cette nuit, chez le barbier Figaro; mais nous avons préféré cette maison, pour des raisons que vous saurez. Avez-vous notre contrat?

LE NOTAIRE. J'ai donc l'honneur de parler à Son Excellence monsieur le comte Almaviva?

FIGARO. Précisément.

BAZILE, *à part*. Si c'est pour cela qu'il m'a donné le passe-partout...

LE NOTAIRE. C'est que j'ai deux contrats de mariage, Monseigneur. Ne confondons point: voici le vôtre; et c'est ici celui du seigneur Bartholo avec la signora... Rosine aussi? Les demoiselles apparemment sont deux sœurs qui portent le même nom.

LE COMTE. Signons toujours. Don Bazile voudra bien nous servir de second témoin.

*Ils signent.*

BAZILE. Mais, Votre Excellence… je ne comprends pas…

LE COMTE. Mon maître Bazile, un rien vous embarrasse, et tout vous étonne.

BAZILE. Monseigneur… mais si le docteur…

LE COMTE, *lui jetant une bourse.* Vous faites l'enfant ! Signez donc vite.

BAZILE, *étonné.* Ah ! ah !

FIGARO. Où est donc la difficulté de signer ?

BAZILE, *pesant la bourse.* Il n'y en a plus. Mais c'est que moi, quand j'ai donné ma parole une fois, il faut des motifs d'un grand poids…

*Il signe.*

## Scène 8 et dernière

BARTHOLO, UN ALCADE, DES ALGUAZILS, DES VALETS *avec des flambeaux, et* LES ACTEURS PRÉCÉDENTS

BARTHOLO *voit le comte baiser la main de Rosine, et Figaro qui embrasse grotesquement don Bazile ; il crie en prenant le notaire à la gorge.* Rosine avec ces fripons ! Arrêtez tout le monde. J'en tiens un au collet.

LE NOTAIRE. C'est votre notaire.

BAZILE. C'est votre notaire. Vous moquez-vous ?

BARTHOLO. Ah ! don Bazile, et comment êtes-vous ici ?

BAZILE. Mais plutôt vous, comment n'y êtes-vous pas ?

L'ALCADE, *montrant Figaro.* Un moment ! je connais celui-ci. Que viens-tu faire en cette maison, à des heures indues ?

FIGARO. Heure indue ? Monsieur voit bien qu'il est aussi près du matin que du soir. D'ailleurs, je suis de la compagnie de Son Excellence monseigneur le comte Almaviva.

BARTHOLO. Almaviva !

L'ALCADE. Ce ne sont donc pas des voleurs ?

BARTHOLO. Laissons cela. — Partout ailleurs, monsieur le comte, je suis le serviteur de Votre Excellence ; mais vous sentez que la supériorité du rang est ici sans force. Ayez, s'il vous plaît, la bonté de vous retirer.

LE COMTE. Oui, le rang doit être ici sans force ; mais ce qui en a beaucoup est la préférence que Mademoiselle vient de m'accorder sur vous en se donnant à moi volontairement.

BARTHOLO. Que dit-il, Rosine ?

ROSINE. Il dit vrai. D'où naît votre étonnement ? Ne devais-je pas, cette nuit même, être vengée d'un trompeur ? Je le suis.

BAZILE. Quand je vous disais que c'était le comte lui-même, docteur ?

BARTHOLO. Que m'importe à moi ? Plaisant mariage ! Où sont les témoins ?

LE NOTAIRE. Il n'y manque rien. Je suis assisté de ces deux messieurs.

BARTHOLO. Comment, Bazile ! vous avez signé ?

BAZILE. Que voulez-vous ? ce diable d'homme a toujours ses poches pleines d'arguments irrésistibles.

BARTHOLO. Je me moque de ses arguments. J'userai de mon autorité.

LE COMTE. Vous l'avez perdue en en abusant.

BARTHOLO. La demoiselle est mineure.

FIGARO. Elle vient de s'émanciper.

BARTHOLO. Qui te parle à toi, maître fripon ?

LE COMTE. Mademoiselle est noble et belle ; je suis homme de qualité, jeune et riche ; elle est ma femme : à ce titre, qui nous honore également, prétend-on me la disputer ?

BARTHOLO. Jamais on ne l'ôtera de mes mains.

LE COMTE. Elle n'est plus en votre pouvoir. Je la mets sous l'autorité des lois ; et Monsieur, que vous avez amené vous-même, la protégera contre la violence que vous voulez lui faire. Les vrais magistrats sont les soutiens de tous ceux qu'on opprime.

L'ALCADE. Certainement. Et cette inutile résistance au plus honorable mariage indique assez sa frayeur sur la mauvaise administration des biens de sa pupille, dont il faudra qu'il rende compte.

LE COMTE. Ah ! qu'il consente à tout, et je ne lui demande rien.

FIGARO. ... que la quittance de mes cent écus ; ne perdons pas la tête.

BARTHOLO, *irrité*. Ils étaient tous contre moi ; je me suis fourré la tête dans un guêpier.

BAZILE. Quel guêpier ? Ne pouvant avoir la femme, calculez, docteur, que l'argent vous reste ; eh oui, vous reste !

BARTHOLO. Ah ! laissez-moi donc en repos, Bazile ! Vous ne songez qu'à l'argent. Je me soucie bien de l'argent, moi ! A la bonne heure, je le garde ; mais croyez-vous que ce soit le motif qui me détermine ?

*Il signe.*

FIGARO, *riant.* Ah, ah, ah, Monseigneur ! ils sont de la même famille.

LE NOTAIRE. Mais, Messieurs, je n'y comprends plus rien. Est-ce qu'elles ne sont pas deux demoiselles qui portent le même nom ?

FIGARO. Non, Monsieur, elles ne sont qu'une.

BARTHOLO, *se désolant.* Et moi qui leur ai enlevé l'échelle, pour que le mariage fût plus sûr ! Ah ! je me suis perdu faute de soins.

FIGARO. Faute de sens. Mais soyons vrais, docteur : quand la jeunesse et l'amour sont d'accord pour tromper un vieillard, tout ce qu'il fait pour l'empêcher peut bien s'appeler à bon droit *La Précaution inutile.*

# CATALOGUE LIBRIO (extraits)

## POÉSIE

**Charles Baudelaire**
Les fleurs du mal - n° 48
Le spleen de Paris - *Petits poèmes en prose* - n° 179
Les paradis artificiels - n° 212

**Marie de France**
Le lai du Rossignol
*et autres lais courtois* - n° 508

**Michel Houellebecq**
La poursuite du bonheur - n° 354

**Jean-Claude Izzo**
Loin de tous rivages - n° 426
L'aride des jours - n° 434

**Jean de La Fontaine**
Le lièvre et la tortue *et autres fables* - n° 131
Contes libertins - n° 622

**Taslima Nasreen**
Femmes
*Poèmes d'amour et de combat* - n° 514

**Arthur Rimbaud**
Le Bateau ivre *et autres poèmes* - n° 18
Les Illuminations *suivi de*
Une saison en enfer - n° 385

**Saint Jean de la Croix**
Dans une nuit obscure -
*Poésie mystique complète* - n° 448
*(édition bilingue français-espagnol)*

**Yves Simon**
Le souffle du monde - n° 481

**Paul Verlaine**
Poèmes saturniens
*suivi de* Fêtes galantes - n° 62

### ANTHOLOGIES

Présenté par Sébastien Lapaque
**J'ai vu passer dans mon rêve**
*Anthologie de la poésie française* - n° 530

En coédition avec le Printemps des Poètes
**Lettres à la jeunesse**
*10 poètes parlent de l'espoir* - n° 571

Présenté par Bernard Vargaftig
**La poésie des romantiques** - n° 262

Présenté par Marie-Anne Jost
**Les plus beaux poèmes d'amour** - n° 695

## THÉÂTRE

**Anonyme**
La farce de maître Pathelin *suivi de*
La farce du cuvier - n° 580

**Beaumarchais**
Le barbier de Séville - n° 139
Le mariage de Figaro - n° 464

**Jean Cocteau**
Orphée - n° 75

**Pierre Corneille**
Le Cid - n° 21
L'illusion comique - n° 570

**Euripide**
Médée - n° 527

**Victor Hugo**
Lucrèce Borgia - n° 204
Ruy Blas - n° 719

**Alfred Jarry**
Ubu roi - n° 377

**Eugène Labiche**
Le voyage de M. Perrichon - n° 270

**Marivaux**
La dispute *suivi de* L'île des esclaves - n° 477
Le jeu de l'amour et du hasard - n° 604

**Molière**
Dom Juan ou le festin de pierre - n° 14
Les fourberies de Scapin - n° 181
Le bourgeois gentilhomme - n° 235
L'école des femmes - n° 277
L'avare - n° 339
Tartuffe - n° 476
Le malade imaginaire - n° 536
Les femmes savantes - n° 585
Le médecin malgré lui - n° 598
Le misanthrope - n° 647

**Alfred de Musset**
Les caprices de Marianne *suivi de*
On ne badine pas avec l'amour - n° 39
À quoi rêvent les jeunes filles - n° 621

**Jean Racine**
Phèdre - n° 301
Britannicus - n° 390
Andromaque - n° 469

**Edmond Rostand**
Cyrano de Bergerac - n° 116

**William Shakespeare**
Roméo et Juliette - n° 9
Hamlet - n° 54
Othello - n° 108
Macbeth - n° 178
Le roi Lear - n° 351
Richard III - n° 478

**Sophocle**
Antigone - n° 692
Œdipe roi - n° 30

## LITTÉRATURE

**Hans-Christian Andersen**
La petite sirène et autres contes - n° 682

**Anonyme**
Tristan et Iseut - n° 357
Roman de Renart - n° 576
Amour, désir, jalousie - n° 617
Pouvoir, ambition, succès - n° 657
*Les Mille et Une Nuits :*
Sindbad le marin - n° 147
Aladdin ou la lampe merveilleuse - n° 191
Ali Baba et les quarante voleurs *suivi de* Histoire du cheval enchanté - n° 298

**Fernando Arrabal**
Lettre à Fidel Castro - n° 656

**Boyer d'Argens**
Thérèse philosophe - n° 422

**Isaac Asimov**
La pierre parlante *et autres nouvelles* - n° 129

**Richard Bach**
Jonathan Livingston le goéland - n° 2
Le messie récalcitrant (Illusions) - n° 315

**Honoré de Balzac**
Le colonel Chabert - n° 28
Ferragus, chef des Dévorants - n° 226
La vendetta *suivi de* La bourse - n° 302

**Jules Barbey d'Aurevilly**
Le bonheur dans le crime *suivi de* La vengeance d'une femme - n° 196

**René Barjavel**
Béni soit l'atome *et autres nouvelles* - n° 261

**James M. Barrie**
Peter Pan - n° 591

**Frank L. Baum**
Le magicien d'Oz - n° 592

**Nina Berberova**
L'accompagnatrice - n° 198

**Bernardin de Saint-Pierre**
Paul et Virginie - n° 65

**Patrick Besson**
Lettre à un ami perdu - n° 218
28, boulevard Aristide-Briand *suivi de* Vacances en Botnie - n° 605

**Pierre Bordage**
*Les derniers hommes :*
1. Le peuple de l'eau - n° 332
2. Le cinquième ange - n° 333
3. Les légions de l'Apocalypse - n° 334
4. Les chemins du secret - n° 335
5. Les douze tribus - n° 336
6. Le dernier jugement - n° 337
Nuits-lumière - n° 564

**Ray Bradbury**
Celui qui attend *et autres nouvelles* - n° 59

**Lewis Carroll**
Les aventures d'Alice au pays des merveilles - n° 389
Alice à travers le miroir - n° 507

**Jacques Cazotte**
Le diable amoureux - n° 20

**Adelbert de Chamisso**
L'étrange histoire de Peter Schlemihl - n° 615

**Andrée Chedid**
Le sixième jour - n° 47
L'enfant multiple - n° 107
L'autre - n° 203
L'artiste *et autres nouvelles* - n° 281
La maison sans racines - n° 350

**Arthur C. Clarke**
Les neuf milliards de noms de Dieu *et autres nouvelles* - n° 145

**John Cleland**
Fanny Hill, la fille de joie - n° 423

**Colette**
Le blé en herbe - n° 7

**Joseph Conrad**
Typhon - n° 718

**Benjamin Constant**
Adolphe - n° 489

**Savinien de Cyrano de Bergerac**
Lettres d'amour et d'humeur - n° 630

**Maurice G. Dantec**
Dieu porte-t-il des lunettes noires ? *et autres nouvelles* - n° 613

**Alphonse Daudet**
Lettres de mon moulin - n° 12
Tartarin de Tarascon - n° 164

**Philippe Delerm**
L'envol *suivi de* Panier de fruits - n° 280

**Virginie Despentes**
Mordre au travers - n° 308
*(pour lecteurs avertis)*

**Philip K. Dick**
Les braconniers du cosmos *et autres nouvelles* - n° 92

**Denis Diderot**
Le neveu de Rameau - n° 61
La religieuse - n° 311

**Fiodor Dostoïevski**
L'éternel mari - n° 112
Le joueur - n° 155

**Alexandre Dumas**
La femme au collier de velours - n° 58

**Francis Scott Fitzgerald**
Le pirate de haute mer
*et autres nouvelles* - n° 636

**Gustave Flaubert**
Trois contes - n° 45
Passion et vertu
*et autres textes de jeunesse* - n° 556

**Cyrille Fleischman**
Retour au métro Saint-Paul - n° 482

**Théophile Gautier**
Le roman de la momie - n° 81
La morte amoureuse *suivi de*
Une nuit de Cléopâtre - n° 263

**J.W. von Goethe**
Faust - n° 82

**Nicolas Gogol**
Le journal d'un fou *suivi de* Le portrait *et de* La perspective Nevsky - n° 120
Le manteau *suivi de* Le nez - n° 691

**Jacob Grimm**
Blanche-Neige *et autres contes* - n° 248

**Pavel Hak**
Sniper - n° 648

**Éric Holder**
On dirait une actrice
*et autres nouvelles* - n° 183

**Homère**
L'Odyssée *(extraits)* - n° 300
L'Iliade *(extraits)* - n° 587

**Michel Houellebecq**
Rester vivant *et autres textes* - n° 274
Lanzarote *et autres textes* - n° 519
*(pour lecteurs avertis)*

**Victor Hugo**
Le dernier jour d'un condamné - n° 70
La légende des siècles
*(extraits)* - n° 341

**Henry James**
Le tour d'écrou - n° 200

**Franz Kafka**
La métamorphose *suivi de* Dans la colonie pénitentiaire - n° 3

**Stephen King**
Le singe *suivi de* Le chenal - n° 4
La ballade de la balle élastique *suivi de* L'homme qui refusait de serrer la main - n° 46
***Danse macabre :***
Celui qui garde le ver
*et autres nouvelles* - n° 193
Cours, Jimmy, cours
*et autres nouvelles* - n° 214
L'homme qu'il vous faut
*et autres nouvelles* - n° 233
Les enfants du maïs
*et autres nouvelles* - n° 249

**Rudyard Kipling**
Les frères de Mowgli
*et autres nouvelles de la jungle* - n° 717

**Madame de La Fayette**
La princesse de Clèves - n° 57

**Jean de La Fontaine**
Contes libertins - n° 622

**Jack London**
Croc-Blanc - n° 347

**Howard P. Lovecraft**
Les autres dieux
et autres nouvelles - n° 68

**Marco Polo**
Le Livre des merveilles du monde - n° 727

**Richard Matheson**
La maison enragée *et autres nouvelles fantastiques* - n° 355

**Guy de Maupassant**
Le Horla - n° 1
Boule de Suif
*et autres nouvelles* - n° 27
Une partie de campagne
*et autres nouvelles* - n° 29
Une vie - n° 109
Pierre et Jean - n° 151
Contes noirs - *La petite Roque*
*et autres nouvelles* - n° 217
Le Dr Héraclius Gloss
*et autres histoires de fous* - n° 282
Miss Harriet *et autres nouvelles* - n° 318

**Prosper Mérimée**
Carmen *suivi de* Les âmes du purgatoire - n° 13
Mateo Falcone *et autres nouvelles* - n° 98
Colomba - n° 167 (...)

Librio

139

Composition PCA – 44400 Rezé
Achevé d'imprimer en France (Ligugé) par Aubin Imprimeur
en juin 2009 pour le compte de E.J.L.
87, quai Panhard-et-Levassor, 75013 Paris
Dépôt légal juin 2009
1er dépôt légal dans la collection : août 1996
EAN 9782290341766

*Diffusion France et étranger : Flammarion*